FOLIO POLICIER

Charles Williams

La mare aux diams

Traduit de l'américain
par Henri Robillot

Gallimard

Titre original :

SCORPION REEF

Né au Texas en 1909, Charles Williams s'engage dans la marine marchande et navigue sur les mers du monde entier. Il publie son premier roman, *La fille des collines*, en 1951. Suivront, jusqu'en 1973, vingt-deux autres superbes récits dont *Calme blanc* ou *Celle qu'on montre du doigt*. Charles Williams est mort en 1975.

Le spectacle avait quelque chose de fantomatique... Le second et les deux matelots qui étaient montés à bord s'entre-regardaient, n'en croyant pas leurs yeux.

Pas la moindre trace de violence ou même de maladie sur le bateau. Le golfe lui-même était d'humeur débonnaire depuis des semaines.

Les voiles du bâtiment se gonflaient légèrement dans la brise du soir. La roue du gouvernail était aiguilletée et le bateau glissait sans heurts, cap au sud, vers le détroit de Yucatan. Son youyou coiffait toujours le toit du rouf et, malgré l'absence de tout être vivant, il régnait à bord un ordre absolu. Le voilier avait été abandonné, mystérieusement, comme cet autre vaisseau fantôme, la *Marie-Céleste*. La réserve de vivres semblait à peine entamée, ainsi que la provision d'eau. Les deux couchettes étaient faites et la cabine balayée. Des blue-jeans et quelques cirés pour le gros temps pendaient aux cloisons et, sur l'une des couchettes, traînait un soutien-gorge de maillot de bain. Subtilement mêlé à l'inévitable odeur des voiliers — vernis et eau de mer — flottait un parfum à peine perceptible. En fait, on ne l'aurait même pas décelé, s'il n'avait été aussi insolite à bord de ce bateau. La table n'était pas mise, comme sur la *Marie-Céleste*, mais elle portait deux gobelets, l'un encore plein de café.

Le second, un vieux marin au visage buriné, avança vers le réchaud à essence, tâta de la main la cafetière posée sur l'un des brûleurs. Le métal était tiède. Moins d'une heure plus tôt, quelqu'un se trouvait encore à bord.

L'homme s'approcha de la petite table où étaient rangées les cartes, ouvrit ce qu'il croyait être le livre de bord et le feuilleta rapidement jusqu'à la page où s'achevaient les notes manuscrites. Il étudia un moment le texte, puis secoua la tête. En quarante ans de mer, jamais il n'avait vu un tel journal de bord.

... les profondeurs bleues, l'ultime éclair argenté, fantastique, qui semble me faire signe, avant de s'évanouir... Appel irrésistible d'un mirage merveilleux... l'ivresse totale...

Avant de refermer le livre, le second cueillit quelque chose du bout des doigts, entre deux pages : une longue mèche de cheveux, blond cendré. Il la contempla, et hocha la tête derechef.

— Nom de nom, patron, regardez-moi ça, s'exclama l'un des marins derrière lui.

Le second se retourna. L'homme lui tendait une sacoche noire, ouverte, qu'il avait ramassée sur l'une des couchettes. Elle était bourrée de liasses de billets verts, de vingt, cinquante et cent dollars.

— Récupération d'épave, fit le matelot, extasié. Ça doit aller chercher dans les cent mille…

— Tu veux les dépenser sur place ? Si j'étais toi, j'attendrais que le tribunal maritime fasse le compte…, dit le second. De toute façon, y a pas de débit de boissons dans les parages.

Il prit la sacoche des mains du matelot et la referma d'un déclic.

Puis, le livre de bord sous le bras, il fit signe aux deux hommes de remonter sur le pont. Sorti de la cabine, il pointa l'index vers le mât.

— Vous voyez ce grand torchon là-haut ? demanda-t-il. Ça s'appelle une voile. Dans le temps, on faisait marcher les bateaux avec ces trucs-là… Arrangez-vous pour la descendre et pour la ferler, et moi, je retourne à mon poste. Comme ça je ne vais pas m'esquinter le tempérament à vous regarder faire. On vous lancera une amarre.

À quelques mètres de là, dans les rougeoiements du soleil couchant, le capitaine du pétrolier américain, le *Joseph-H.-Hallock*, regardait du haut de la passerelle son second, qui revenait seul à la rame. Il vit les deux matelots en train de descendre la grand-voile et le foc du sloop et, prévoyant la manœuvre, il donna ses instructions au quartier-maître pour le lancement d'un filin de remorque.

Partis de Tampico à destination de Bayonne, ils avaient aperçu le voilier une demi-heure plus tôt et avaient modifié leur course de deux degrés pour passer à bâbord. Le second, observant le bâtiment à la jumelle, avait remarqué que le pont était désert et le gouvernail immobilisé, mais il n'avait guère attaché d'importance à ces détails. Par ce beau temps, le navigateur solitaire était, sans doute, occupé à préparer son dîner dans la cabine. Mais voyant que personne n'apparaissait sur le pont à l'appel mugissant de la sirène, il avait alerté le capitaine. Le pétrolier, après avoir décrit un demi-cercle, s'était approché du voilier en se tenant au vent pour lui couper la route. Comme aucun signe de vie ne se manifestait à bord, où la grand-voile s'était mise à mollir, les deux hommes furent pris d'une étrange anxiété. Ayant fait faire machine arrière pour se maintenir à la hauteur du bateau, ils mirent un canot de service à la mer pour voir ce qu'il en était. Il était inutile de lancer le canot de sauvetage, car un calme plat régnait depuis de longues journées et la légère brise qui s'était levée dans l'après-midi suffisait à peine à rider les eaux vertes du golfe.

Freya, de San Juan, P. R., tel était le nom qu'on lisait à l'arrière. Le capitaine du pétrolier examinait le bâtiment avec curiosité en attendant le retour de son second. Ce voilier était bien loin de son port d'attache. Le capitaine se demandait ce qu'il faisait en plein golfe du Mexique et pourquoi un voilier léger, venu de Porto Rico, terre espagnole, portait le nom d'une déesse nordique.

Le second remonta sur le pont, portant le gros registre et la sacoche.

— Ils sont malades ? demanda le capitaine. Ou morts ?

— Disparus, dit le second avec l'air d'un homme sceptique qui vient de croiser un fantôme. Volatilisés. Le même coup que pour la *Marie-Céleste*… À mon avis, ils devaient être deux à bord, reprit-il d'une voix troublée. Un homme et une femme. Et y a au moins l'un des deux qui se trouvait à bord il n'y a pas une heure.

— Eh bien ! dès que l'amarre sera lancée, dit le capitaine, on fera bien de voir ça de plus près. Rien dans le journal de bord ?

— Du charabia, répondit le vieux. (Il tendit au capitaine le livre, puis la sacoche.) Et jetez un coup d'œil là-dedans, commandant, dit-il. S'ils avaient des soucis, c'était sûrement pas à cause du fric.

Le capitaine ouvrit la sacoche, et considéra les liasses de billets avec une moue incrédule. Il releva la tête, posa son regard sur les hommes, à bord du *Freya*, en train de bloquer l'aussière et fronça pensivement les sourcils. Puis il ouvrit le gros livre à la page indiquée par le second et lut le dernier paragraphe.

Il reprit sa moue soucieuse.

L'ivresse... l'ivresse.

Un vague souvenir lui effleura l'esprit, puis se précisa.

Le capitaine était un marin studieux et réfléchi, qui avait lu Conrad. Et ce qui l'avait frappé c'était la similitude inversée entre ce mot répété et le cri répété de Kurtz dans le *Cœur des ténèbres*[1] : L'horreur... l'horreur.

Il feuilleta rapidement les pages à rebours et lut les cinq ou six dernières du journal manuscrit. Puis il referma doucement le livre et gagna l'extrémité de la passerelle.

— Quand vos hommes seront remontés à bord, dit-il lentement, penché par-dessus la rambarde, vous pourrez reprendre votre cap, monsieur Davidson.

— On ne fait pas demi-tour ? demanda le second, étonné.

Le capitaine secoua la tête.

— Je ne vois pas de raison de faire demi-tour, dit-il.

— Mais, commandant... Ce café qu'était encore chaud... Et le bateau qui ne marchait pas à plus de deux nœuds. On pourrait peut-être les retrouver.

1. Célèbre roman de Joseph Conrad.

— Non. (Le capitaine parcourut des yeux la surface lisse de la mer que le soleil couchant teintait de rouge.) Non. On ne trouvera rien. Rien du tout.

Ils rebroussèrent néanmoins chemin après avoir posté une vigie au sommet du grand mât avec de puissantes jumelles marines. Ils étaient gens de mer et la mer avait ses exigences. Mais ils ne découvrirent rien que le néant des lumineuses plaines liquides du golfe qui s'assombrissaient par degrés.

Quand, dans l'obscurité totale, ils abandonnèrent enfin les recherches pour reprendre leur route, le capitaine fit le compte de l'argent en présence des deux officiers du navire et l'enferma dans le coffre-fort. La somme se montait à quatre-vingt-trois mille dollars. Ceci fait, il s'installa seul dans son bureau et rouvrit le journal de bord. Il souleva la longue mèche de cheveux blonds et la considéra à la lumière. « Freya, songea-t-il. Freya, la déesse scandinave de l'amour. » Il regrettait, maintenant, de n'être pas monté lui-même à bord du sloop. Le second était un magnifique marin, un homme intelligent et à l'œil perçant, qui n'avait certainement pas manqué d'enregistrer les détails utiles et les indices intéressants dans une affaire de ce genre, mais il manquait d'une certaine sensibilité.

Le capitaine, lui, aurait peut-être deviné le drame s'il s'était trouvé sur les lieux. Le café ne met pas longtemps à refroidir dans une cafetière et le bateau avait certainement été le théâtre d'une aventure prodigieuse, magnifique, peut-être même terrifiante. Les passions, bien entendu, sont intangibles et ne laissent pas de traces après la disparition de ceux qui les ont ressenties et pourtant… qui sait ? Peut-être encore maintenant, traînant dans l'air immobile de cette cabine vide…

Il ouvrit le journal à la première page et se mit à lire.

I

La journée est chaude sur la côte du golfe en ce début de juin. La barge est mouillée au bout de la vieille jetée de Parker Mill, à l'ouest du chenal. Carter est parti pour la Nouvelle-Orléans et je suis seul à bord, occupé à vérifier mon matériel de plongée sur la plage avant. Soudain une voiture débouche du hangar et vient s'arrêter près de la mienne. Une Cadillac. Deux tonnes de métal et de chromes éblouissants, avec une fille à l'intérieur. Ou peut-être ferais-je mieux de dire qu'une fille éblouissante débouche du hangar, véhiculée par une Cadillac. Car c'est la fille qu'on voit d'abord.

Elle descend, ferme la portière et s'approche du bord du quai d'une démarche souple et nonchalante qui fait penser à la douceur d'une coulée de miel.

— Bonjour, dit-elle. Seriez-vous monsieur Manning ? Le gardien, à l'entrée m'a...

Je me redresse.

— C'est bien moi, dis-je, en me demandant ce qu'elle me veut.

Cette présence rayonnante dans un coin des docks, ça peut se concevoir, mais ce n'est pas si fréquent.

Elle m'inspecte des pieds à la tête, sans dissimuler son intérêt, et j'éprouve l'impression bizarre qu'elle cherche à me jauger, pour des raisons très personnelles.

Ce n'est qu'une impression, mais le fait est que son examen se prolonge étrangement. Pourtant, elle n'a pas le genre à dévisager des inconnus.

Je me sens brusquement gêné de me trouver devant elle, le torse nu, velu et bronzé, et le blue-jean délavé. Une bouffée de chaleur m'envahit. Et merde, après tout, je travaille, moi. Il ne s'agit pas d'un cocktail mondain.

— En quoi puis-je vous être utile ? je demande, la voix brève.

— Oh ! (Elle est un instant prise de court.) Je… j'aimerais vous parler. Puis-je monter à bord ?

Je jette un coup d'œil sur ses talons aiguilles, puis je regarde l'échelle appuyée contre la jetée et secoue la tête.

— Vous allez vous casser les reins, dis-je. C'est moi qui viens.

J'escalade les échelons et tout de suite, je suis frappé par sa taille. Cette fille est un vrai monument. Avec ses hauts talons, elle ne doit pas faire loin d'un mètre quatre-vingts. Moi, j'ai un mètre quatre-vingt-six et c'est tout juste si je peux voir par-dessus sa soyeuse chevelure blond cendré. Elle a un chignon bas et une robe d'été à manches courtes, couleur cannelle, qui fait ressortir son teint clair et flatte les lignes de son corps.

D'après les canons de la ligne « haricot vert », peut-être ses courbes sont-elles trop généreuses, mais pas d'après les miens.

Je n'éprouve aucune admiration pour les femmes à silhouette de garçonnet.

Son visage large, aux pommettes hautes, accentue son type nordique et jamais je n'ai vu une peau aussi fine, aussi lisse. Sa bouche est un peu grande, aux lèvres pleines. Elle n'a rien d'une beauté classique, mais elle est chouette à regarder et même assez excitante... Non, ce n'est pas le mot. Elle est terriblement féminine.

Ses yeux sont grands, gris, très beaux. Et, effrayés, si je ne me trompe. Ça paraît invraisemblable, mais cette femme est en proie à la peur.

Le soleil chauffe et l'air est immobile. Quant à moi, je me sens plutôt mal à l'aise devant elle. De plus, je me rends compte que je la dévisage depuis un bon moment. Elle l'avait fait tout à l'heure et cela m'avait irrité. On ne peut tout de même pas rester comme ça toute la matinée, plantés l'un devant l'autre, à se regarder en chiens de faïence.

— Qu'y a-t-il pour votre service ? je répète.

— Je vais commencer par me présenter, dit-elle. Je m'appelle Mme Wayne. Shannon Wayne. Je voudrais vous proposer un travail.

Nous allons nous mettre à l'ombre du hangar, près de sa voiture. Elle ouvre la portière et s'installe sur le siège, une main posée sur la fenêtre, à la glace baissée. Elle ne porte aucun bijou, sauf sa bague de fiançailles et son alliance, et une minuscule montre en or, d'aspect si fragile et si inutile qu'elle a dû coûter une fortune.

Ses doigts se mettent à pianoter nerveusement contre le rebord métallique.

— Quel genre de travail ?

Son regard rencontre le mien, puis se dérobe.

— Il s'agit de récupérer un fusil de chasse qui est tombé à l'eau.

— Où ça ?

— Dans un lac, à environ cent cinquante kilomètres d'ici, en remontant vers le nord.

Je hoche la tête.

— Ça vous coûterait sûrement beaucoup plus cher que ça ne vaut.

— Mais, proteste-t-elle, ses yeux gris presque suppliants, vous n'avez pas besoin d'emmener la combinaison de plongée, le scaphandre et tout votre équipement. Un simple appareil respiratoire devrait suffire. Vous en avez un à bord ?

— Oui, j'en ai même un qui m'appartient, dis-je, mais vous aurez quand même avantage à racheter un fusil.

— Non, dit-elle. Il vaut mieux que je vous explique. C'est une arme de grande valeur, un fusil à canon simple, à platine gravée, avec une crosse en bois précieux. Je crois qu'il a coûté dans les sept cents dollars.

J'émets un sifflement.

— Et comment un engin pareil est-il tombé au fond du lac ?

— Mon mari était parti à la chasse au canard un matin et par accident l'a fait basculer par-dessus bord.

Je la contemple un instant sans rien dire. Cette histoire me paraît bizarre. Quel crétin irait tirer le canard avec un fusil de sept cents dollars ? Et même s'il était assez riche pour s'en payer une douzaine, un fusil à canon simple n'est pas très indiqué pour cette chasse-là.

— C'est profond comment, le lac, à cet endroit ? je demande.

— Trois mètres cinquante à quatre mètres, je pense.

— Bon. Écoutez, je vais vous dire comment repêcher votre engin. N'importe quel gosse du pays s'en chargera pour cinq dollars. Achetez des lunettes et un masque de pêche sous-marine, dans n'importe quel bazar. Prenez votre canot, jetez l'ancre au point approximatif où l'accident a eu lieu et dites au gamin de plonger. Quand il aura repéré l'outil, vous n'aurez qu'à le remonter à la ligne.

— Alors vous refusez ce travail ? fait-elle. Pourquoi ?

Je me le demande moi-même. Pour le moment, je suis sans boulot et j'ai horreur de me tourner les pouces. Repêcher ce fusil serait un jeu d'enfant et elle est prête à casquer. Dans ces conditions, pourquoi hésiter ? Je hausse les épaules.

— Franchement, ça me paraît absurde de payer les frais de déplacement d'un plongeur professionnel pour une bricole, dont un gamin se tirerait en moins d'une demi-heure.

— Ce n'est pas tout à fait aussi simple, dit-elle. Voyez-vous, il y a près de trois cents mètres entre le bungalow et la hutte, et nous ne savons pas au juste à quel endroit le fusil a coulé.

— Comment ça se fait ?

— Ça s'est passé tôt le matin. Il faisait encore sombre.

— Votre mari ne l'a pas entendu tomber ?

— Non. Il m'a dit qu'il y avait un vent terrible.

Du coup, l'histoire me paraît un peu plus vraisemblable… mais si peu. Je n'arrive pas à me décider. Peut-être est-ce seulement mon imagination, mais j'ai l'impression que cette fille est drôlement nerveuse, et que sa nervosité n'a rien à voir avec la perte d'un fusil. En plus, elle me fait vraiment trop d'effet. Même en évitant de la regarder, je sens sa présence. C'est idiot, mais je n'y peux rien. J'ai peut-être vécu seul trop longtemps. Elle tourne légèrement la tête et son regard gris plonge dans le mien. Elle ne dit qu'un mot :

— S'il vous plaît.

Sa pétoire pourrait se trouver sous une banquise, au fin fond de l'Arctique, que je n'hésiterais pas.

— Quand voulez-vous qu'on s'y mette ? je lui demande.

— Tout de suite, dit-elle. À moins que vous n'ayez un autre travail en train.

— Non. Je suis chômeur.

— Parfait. Nous allons prendre ma voiture, si vous n'y voyez pas d'inconvénient. Vous pourrez mettre l'équipement dans le coffre.

— Entendu.

Je redescends dans mon bateau, range le matériel que j'étais en train de réviser et prends mon appareil respiratoire et mon masque dans la soute à voiles. Je les pose sur le quai pour chercher un slip de bain. Une fois dans ma cabine, je change mes sandales pour des mocassins légers, passe un pantalon de toile blanche et une chemise de sport. Je m'assure que toutes les portes sont bien fermées et remonte sur la jetée. Elle me tend les clés de la voiture et je vais caser mon fourbi dans la malle arrière.

— Je trouve cela plutôt amusant, dit-elle en souriant pour la première fois. J'ai très envie de vous voir au travail.

Je hausse les épaules sans rien dire. Je me

demande avec un peu d'irritation si elle tient réellement à récupérer son fusil ou si elle a des idées plus frivoles en tête. Après tout, si l'engin a été perdu à la saison de la chasse au canard, il doit être par le fond depuis près de six mois... Peut-être est-elle à ce point comblée et blasée, que ça la divertit d'engager un plongeur professionnel, comme on fait venir un clown à domicile pour une réunion d'enfants ? Je me demande enfin, avec humeur, pourquoi je m'acharne à lui prêter des sentiments mesquins.

Elle s'est montrée parfaitement correcte jusqu'ici et, sauf erreur, aucune loi n'interdit à une femme de ressembler à une déesse scandinave, un peu trop appétissante.

Scandinave ? Avec un nom comme Shannon ? Bizarre, elle a vraiment tout d'une Suédoise.

Je lui demande d'arrêter un instant devant la cabane du gardien, auquel j'explique que je serai absent le reste de la journée, au cas où quelqu'un me demanderait. Les docks sont désaffectés maintenant et la jetée est rarement utilisée pour le cabotage, mais elle est toujours entourée d'une palissade et gardée par un bonhomme qui passe son temps à lire dans sa petite bicoque, à l'entrée.

À peine avons-nous quitté le port, que la jeune femme cherche une cigarette dans son sac. J'en allume une pour elle et une autre pour moi. Elle conduit avec dextérité au milieu de la circulation, mais j'ai l'impression qu'elle fait bien des détours inutiles pour gagner la grand-route. De plus, elle a souvent l'œil sur le rétroviseur. Mais ceci n'a rien d'extraordinaire. Moi-même, j'en fais autant quand je conduis. Un chauffard a vite fait de vous défoncer un pare-chocs arrière !

Une fois sur la voie rapide, elle se cale contre le dossier et prend de la vitesse. Nous roulons en douceur à près de cent à l'heure. C'est une bagnole de grande classe, une décapotable de l'année. Je baisse les yeux, pour constater que cette fille a des jambes magnifiques. Je me remets à contempler la route.

— Bill Manning, c'est bien ça votre nom ? demande-t-elle. Vous ne seriez pas William Stacey Manning, par hasard ?

Je lui jette un bref coup d'œil.

— Comment le savez-vous ? (Puis je me souviens.) Oh ! vous avez lu dans le journal ces élucubrations où il était question de moi ?

L'article est sorti il y a quelques jours, un papier magazine haut en couleur sur les figures-pittoresques-des-docks, rédigé par une jeune personne du genre exalté, qui proclamait sa foi dans le Journalisme avec un grand J, et qui, sur toute une colonne, s'était efforcée de me présenter comme un héros romantique. Tout ça parce que j'avais gagné deux régates organisées par le Yacht-Club dont je ne suis même pas membre, en barrant le voilier d'un copain. Encore une chance que je ne lui aie pas parlé des quatre ou cinq nouvelles que j'ai réussi à placer dans des hebdos. Elle m'aurait décrit comme un Somerset Maugham nouvelle version.

Soudain une idée me frappe. Au cours de l'interview, je n'avais pas mentionné mon deuxième nom. En fait, je n'en avais jamais fait état depuis mon départ de la Nouvelle-Angleterre.

Mme Wayne opinait de la tête.

— Oui, j'ai lu l'article, dit-elle. Et j'étais persuadée que l'auteur des histoires de mer et vous n'étiez qu'une seule et même personne. Pourquoi n'avez-vous pas continué ?

— Je n'ai guère réussi comme écrivain.

— Personnellement, j'ai trouvé vos nouvelles excellentes.

— Merci.

— Vous êtes marié ? demande-t-elle, les yeux fixés sur la route.

— Je l'ai été. Je suis divorcé depuis trois ans.

— Oh ! fait-elle, excusez-moi. Je ne voulais pas être indiscrète…

— Il n'y a pas de mal, dis-je, bien décidé à couper court.

Ce mariage, ç'a été un beau gâchis, mais maintenant, c'est mort et enterré. J'ai eu pas mal de choses à me reprocher, mais de le savoir n'y changeait rien. J'étais déjà propriétaire du bateau avant mon mariage avec Catherine. Je voulais le garder à tout prix, mais elle n'avait pas de goût pour la mer. Les gros pontes de la société de navigation où je travaillais jouaient tous au golf et elle me harcelait pour que je me fasse bien voir, et que je m'inscrive à un country-club. Elle rêvait de donner des soirées, d'être invitée à des cocktails chic. Enfin, las de nous bagarrer pour des questions de fric, nous avons décidé de vendre maison et bateau, de partager la somme ainsi réalisée et de partir, chacun de son côté. Pendant la guerre, je m'étais spécialisé dans les plongées et le renflouement des épaves. Je me suis donc installé à mon compte en vadrouillant de port en port sur la côte sud. J'ai voulu me remettre à écrire, mais la veine était tarie. En fin de compte, je me suis retrouvé à trente-trois ans, ex-étudiant-ingénieur, ex-officier de marine, ex-mari, ex-apprenti écrivain...

Mme Wayne ralentit pour traverser une petite ville, puis s'engage de nouveau en rase campagne. Elle pose sur moi un regard pensif et demande :

— Vous vous y connaissez sûrement, en bateaux ?

J'acquiesce.

— J'ai pour ainsi dire grandi sur mon bateau. Mon père faisait de la voile dans un yacht-club. À mon entrée à l'école, je barrais déjà un petit monotype.

— Et les grands bateaux, ceux qui traversent l'océan... comment ça s'appelle déjà ?

— Les yachts de croisière ? Vous parlez !

Après la guerre, j'ai fait des tas de régates dans des équipages de haute mer. Et avec un copain, j'ai croisé pendant huit mois dans la mer des Caraïbes sur une vieille goélette.

— Je vois, dit-elle, songeuse. Alors vous connaissez la navigation ?

— Naturellement, dis-je. Bien que je sois peut-être un peu rouillé, depuis le temps.

J'ai toujours l'impression qu'elle m'évalue comme une marchandise. Pourquoi cet intérêt pour les bateaux ? Quel rapport entre la pleine mer et la manœuvre d'un yacht, et le repêchage d'un fusil tombé au fond d'une mare à canards ?

Nous traversons un autre bourg endormi sous le soleil brûlant. Quelques kilomètres plus loin, Mme Wayne quitte la route cimentée pour un chemin de terre qui monte vers la colline, au milieu des champs de coton. De nouveau, elle a l'œil au rétroviseur. Je jette un regard derrière nous. Personne ne nous suit. D'ailleurs, pourquoi m'inquiéter ? J'ai été engagé pour un boulot, un point c'est tout. Un certain M. Wayne a perdu son fusil de chasse dans un lac. Je n'ai pas à chercher plus loin.

Mais, est-ce que tout cela est vrai ?

Nous dépassons quelques fermes croulantes et dispersées. Puis nous nous engageons dans un pays désolé où alternent les dunes et les bosquets de pins. Pas un être vivant en vue. Après sept ou huit kilomètres, nous quittons le chemin pour une route privée, qui se réduit à deux ornières desséchées s'enfonçant entre les arbres. Je descends pour ouvrir le portail. Une pancarte y est clouée, annonçant : *Défense d'entrer*. Une autre voiture a dû passer par là. Il y a deux ou trois jours, émiettant la terre croûteuse des ornières.

Il doit s'agir d'un club de chasse privé auquel appartient le mari, mais Mme Wayne ne me fournit aucune explication. Nous redescendons la colline vers un terrain marécageux où d'énormes chênes, aux longues barbes de mousse espagnole, entrelacent leurs branches au-dessus du chemin. Çà et là, dans le taillis, on découvre des flaques à moitié desséchées, dont l'argile se craque en dessins géométriques. Dans ce décor lugubre et comme pétrifié, on se croirait un peu au cœur d'une jungle tropicale.

Au bout de deux kilomètres environ, le chemin se termine brusquement.

— Nous voilà arrivés, dit Mme Wayne en stoppant la voiture.

Le site est magnifique et dès l'arrêt du moteur, j'ai l'impression de percevoir la vibration du silence.

Le bungalow flottant est amarré dans l'ombre des grands arbres, drapés de mousse, qui surplombent la rive, et au-delà, j'aperçois la surface lisse de l'étang qui flamboie comme un miroir sous le soleil. Il n'y a pas un souffle de brise. Je descends et referme la portière dont le claquement léger me fait presque sursauter dans ce calme irréel.

Mme Wayne ouvre la malle arrière et j'en sors mon attirail.

— J'ai la clé du bungalow. Vous pouvez vous changer là-bas.

Le pavillon flottant, plus grand que je ne le pensais, comporte au moins quatre ou cinq pièces. Il est ancré parallèlement à l'embarcadère qu'une étroite passerelle relie à la rive. Une autre planche, plus courte, permet d'accéder à l'appontement.

Mme Wayne me précède et, dans ce décor sauvage, ses cheveux blonds, son élégance, ses talons effilés qui claquent sur le bois me paraissent presque incongrus.

— Je vais aller m'installer sur l'embarcadère avec mes accessoires, dis-je. Faut que je voie si tout est en bon état.

Nous contournons l'angle du bungalow et je découvre toute l'étendue du lac. Au bout de l'appontement qui se prolonge à angle droit sur une dizaine de mètres sont amarrés deux skiffs. Ils sont à moitié pleins d'eau et sans avirons.

Je dépose mon appareil respiratoire et mon masque et examine les environs.

Le lac est large d'une centaine de mètres et sa surface polie brille au soleil entre des murailles d'arbres verdoyants.

Dans le sens de la longueur, il a près de deux

cents mètres, ensuite, il s'incurve derrière un promontoire.

— La hutte à canards est juste derrière la pointe gauche, dit-elle.

— Et votre mari n'a pas la moindre idée de l'endroit où son fusil est tombé ?

Elle secoue la tête.

— Non. Il peut se trouver n'importe où, entre ce ponton et la pointe.

Je persiste à trouver la chose bizarre, mais je me contente de hausser les épaules.

— Très bien. Autant que je m'y mette tout de suite.

Elle s'éloigne de quelques pas, puis s'arrête, tendant l'oreille. J'entends, moi aussi, une vague rumeur à peine perceptible, dans le silence environnant. C'est un moteur d'auto dans le lointain.

Les traits de Mme Wayne se figent et je la vois pâlir. Le ronronnement du moteur s'évanouit. Impossible de dire si la voiture s'est arrêtée quelque part ou si elle continue à rouler.

Nous nous tenons très près l'un de l'autre à l'extrémité de l'appontement. Nos regards se croisent.

— Qu'est-ce que c'est que cette plaisanterie ? je demande d'un ton rude.

— Quelle plaisanterie ?

— Vous n'avez pas cessé de surveiller la route depuis que vous m'avez emmené. On vous suit, ou quoi ?

Elle reste un moment silencieuse, puis déclare :

— J'espère que non.

— C'est votre mari ?

Elle redresse vivement la tête, agressive, et, dans son regard, brille une lueur, qui trahit un fougueux tempérament irlandais.

— Mon mari ? Et pourquoi voulez-vous que mon mari me suive, monsieur Manning ?

Je me suis complètement gouré et m'en rends compte.

— Excusez-moi, dis-je.

Cette réponse est idiote et je me demande ce qui, chez cette femme, me met si mal à l'aise et pourquoi je suis toujours prêt à la prendre à partie, au moindre prétexte. Après tout, je m'en balance, de cette Mme Wayne…

Elle sourit, un peu nerveuse, et je constate qu'elle a encore peur.

— N'y pensez plus, dit-elle. Vous n'avez pas pensé à mal, j'en suis sûre… Vous êtes très gentil, vous savez.

— Il serait temps qu'on se mette à la recherche de ce fusil, dis-je.

— Ça ne vous simplifierait pas la tâche, si je vous accompagnais dans le canot ? demande-t-elle. J'aimerais vous regarder faire et je pourrais peut-être vous guider.

Je jette un coup d'œil circulaire. Elle peut m'être utile, c'est un fait. L'eau est assez claire et la visibilité doit être bonne avec le soleil à la verticale, mais je n'en serai pas moins obligé de refaire surface tous les trois ou quatre mètres pour vérifier ma position.

— D'accord, dis-je, mais il n'est pas question de vous balader en skiff dans cette tenue. Je vais écoper, mais le canot sera encore boueux et humide.

— Je crois que j'ai un vieux maillot de bain dans le bungalow. Si je le mettais ?

— Excellente idée, dis-je.

Nous revenons à la passerelle. Mme Wayne ouvre la porte, qui était fermée à clé. Nous pénétrons dans un vaste living-room joliment meublé, où je remarque même une cheminée. Je note aussi le tapis, un divan, les fauteuils bas, une étagère garnie de livres et quelques tableaux aux murs. Les fenêtres sont fermées et les rideaux tirés. La salle occupe le centre de la construction et à chaque extrémité deux portes donnent sur d'autres pièces. Dans l'air confiné flotte une légère odeur de poussière.

Mme Wayne me désigne une des portes à droite du living-room.

— Vous pouvez aller vous changer là-dedans. Je vais voir si je retrouve mon costume de bain.

J'entre. C'est une chambre à coucher meublée d'un grand lit et d'une coiffeuse. Une moquette couvre tout le plancher. Ces gens-là ne perdent pas le sens du confort même au fond de la cambrousse. Je me déshabille et passe mon caleçon de bain. Il fait une chaleur de four et mon corps est tout moite. Je me demande si elle a trouvé son maillot et m'irrite aussitôt en constatant à quel point je suis obsédé par cette fille.

Je prends une cigarette dans la poche de ma chemise et l'allume, avant de regagner le living-room. La porte à l'autre bout de la pièce est fermée, mais je l'entends qui s'affaire dans sa chambre. Elle doit être en train de se changer. Je ramasse une paire d'avirons dans un coin et regagne l'extrémité de l'appontement. J'amène un des skiffs contre les planches et me mets à l'écoper avec une vieille boîte de conserve. Les rayons brûlants du soleil me tapent sur la nuque. Au bout d'un moment, je perçois le bruit de pieds nus derrière moi et me retourne.

Cette fille a de quoi vous couper net la respiration.

Son maillot de bain est noir et sa peau sans hâle. La blancheur satinée de cet épiderme de blonde me donne comme un choc physique. Un peu moins grande, mais avec la même silhouette et les mêmes jambes, elle serait l'incarnation même de la volupté. Telle quelle, je la trouve d'une beauté royale. Je baisse les yeux et continue à écoper.

Ayant fixé les tolets, je maintiens le canot tandis qu'elle s'installe sur le banc du milieu. Je pose mon respirateur et mon masque à l'arrière et, d'une poussée, dégage le skiff.

— Avancez d'une vingtaine de mètres, dis-je.

Il n'y a guère plus d'un mètre cinquante d'eau à proximité de l'appontement et, du bateau, je distingue très bien le fond. Le fusil n'est sûrement pas tombé dans ce secteur.

— Ça va, dis-je au bout d'un moment. Arrêtez ici. Je vais plonger. Ensuite, vous ramerez doucement vers la pointe, en direction de la hutte, mais ne vous éloignez pas trop de moi. Vous pourrez repérer ma trace en suivant les bulles d'air. Il faudra que j'examine le fond sur une surface d'une vingtaine de mètres. Dans l'obscurité, votre mari a peut-être dévié de la ligne droite.

Elle acquiesce et m'observe avec intérêt, tandis que je passe les bretelles de l'appareil sur mes épaules et ajuste mon masque. Je place l'embouchure du tuyau entre mes dents et me laisse glisser par-dessus bord.

Il y a près de trois mètres d'eau et la visibilité est satisfaisante.

Je pique vers le fond et l'effleure de la main.

Il est mou et lisse et mes doigts soulèvent un nuage de vase.

C'était l'ennui que je craignais. Depuis le temps, le fusil a pu s'enfoncer et disparaître dans la boue. Pourtant on doit pouvoir retrouver le point où il s'est enlisé, car dans cette eau immobile, aucun courant n'a pu troubler ni aplanir le fond.

Je relève la tête et aperçoit le canot au-dessus de moi sur le verre dépoli de la surface du lac.

Les avirons sabrent l'eau, éparpillant des gerbes de bulles. Je nage vers la droite, au ras de la vase, sans la toucher, décris un large cercle et me retrouve de l'autre côté du canot. Çà et là, je découvre de vieilles souches dont j'examine avec soin les contours.

Sur le lac, le canot avance avec lenteur. Les minutes passent. J'aperçois une bouteille vide, deux ou trois boîtes de bière, un entrelacs de branches immergées, où des cuillers et autres appâts sont restés accrochés.

De temps à autre, un black-bass ou une perche vient fixer sur moi un œil rond, puis s'éloigne d'un battement de nageoires. Nous n'avons pas franchi plus de vingt-cinq mètres depuis l'appontement quand je trouve le fusil.

Si j'avais regardé devant moi au lieu de m'obstiner à scruter le fond, je l'aurais repéré plus tôt. Il est fiché dans la vase, le canon vers le bas, à un angle de soixante degrés, la crosse parfaitement visible. Je tire l'arme à moi et, d'un coup de pied, remonte à la surface. Le canot n'est éloigné que de cinq ou six mètres. Mme Wayne m'aperçoit et se met à ramer dans ma direction.

J'empoigne le bout de l'étrave et brandis le fusil hors de l'eau pour le lui montrer. Elle ouvre de grands yeux, puis sourit.

— Comme vous avez fait vite ! dit-elle.

Elle jette l'outil au fond du canot, me débarrasse de mon respirateur et le dépose à côté du fusil.

— Un jeu d'enfant, dis-je. Planté comme il était, il crevait les yeux.

Elle me considère d'un œil calme, tandis que je me hisse dans le canot par l'arrière.

Je m'assieds et ramasse le fusil. Une merveille, pas d'erreur, une arme de précision avec une rampe de visée ajourée et des platines damasquinées.

Je fais jouer la culasse et le maintiens au-dessus de l'eau en le secouant de gauche à droite pour chasser la vase qui obstrue le viseur et le canon. Puis je le tends à bout de bras et l'inspecte.

Mme Wayne ne m'a pas quitté des yeux.

— C'est une belle arme, n'est-ce pas ? fait-elle d'un ton gêné.

J'examine le fusil de nouveau, puis la regarde fixement. Un long silence s'étire entre nous. La crosse du fusil, la crosse et en même temps l'attitude de Mme Wayne m'ont mis la puce à l'oreille. Mme Wayne, décidément, n'est pas bonne comédienne.

À la rigueur, le canon du fusil aurait pu résister un bon bout de temps à la rouille, enfoncé comme il l'était dans la vase, à l'abri de l'air, mais pour le bois, c'est une autre histoire. Il devrait être imbibé d'eau... En fait, il est recouvert de fines gouttelettes bien détachées comme sur la carrosserie fraîchement repeinte d'une voiture. Cette arme, de toute évidence, n'a pas séjourné plus de vingt-quatre heures sous la flotte.

Je repense aux traces récentes de pneus dans le chemin et me demande jusqu'où l'ennui peut faire déchoir un être humain.

II

Mme Wayne ramène le canot à l'appontement. Je fixe les amarres et la suis sans un mot jusqu'à la voiture, transportant mon appareil de plongée et mon fusil. La malle arrière est restée ouverte. J'y fourre tout le matériel, rabats le couvercle à grand bruit et lui tends la clé.

« Et voilà, me dis-je, furieux, tu t'es fait posséder ! » Toute cette combine pour m'attirer ici me débecte et je me sens d'autant plus dégoûté par cette fille que je la trouve sensationnelle. On n'a pas le droit d'avoir une classe pareille et de faire la retape de cette façon-là.

— Vous êtes bien silencieux, me dit-elle, une vague lueur d'étonnement dans ses yeux gris.

Ça y est. La déesse ressuscite. Irrésistible.

— Vous trouvez ? dis-je.

Nous revenons vers le bungalow et pénétrons dans le living-room.

Elle va se planter devant la cheminée et me considère, perplexe, comme si mon attitude la déconcertait encore.

— Vous avez vraiment vite fait pour retrouver ce fusil, dit-elle en ébauchant un sourire.

— En effet, dis-je, en lui faisant face. (Nos regards se croisent.) Évidemment, vous auriez été plus loin sur le lac, pour jeter ce fusil à l'eau, les recherches auraient été prolongées d'autant.

Elle réprime une exclamation.

L'orage menace, mais je suis trop en rogne pour y faire attention. Je suis en rogne contre moi-même, d'ailleurs. Je continue donc sur ma lancée et mets les pieds dans le plat.

— Le gibier doit être vraiment rare pour qu'une femme de votre classe en soit réduite à ce genre d'expédient.

Je chancelle sous le coup et les yeux me picotent. Dans sa fureur de femme blessée, elle m'a giflé à la volée, en y mettant toute sa force. Je me retourne vivement et me réfugie dans la chambre à coucher, sans lui donner le temps de m'arracher la tête et de me la remettre sous le bras. Elle est assez vigoureuse et irritée pour le faire.

J'en tremble des pieds à la tête. J'étouffe de rage et j'étouffe aussi en pensant à elle. En même temps, je me rends compte avec dégoût que j'ai tout de la vedette de film muet, et qu'il ne me reste plus qu'à m'adosser à la porte fermée, la main plaquée sur le cœur. À part ça, j'ai encore la ressource d'appeler les flics ou de tourner de l'œil. J'arrache mon slip, le lance sur le lit et commence à me rhabiller, avec des gestes saccadés. Je boutonne ma chemise quand l'idée me vient enfin de me poser la question que je n'avais pas su formuler : *pourquoi ?* Même si elle veut s'encanailler et si elle recherche des sensations nouvelles dans ses aventures extra-conjugales, elle peut avoir satisfaction sans monter de pareilles mises en scène. Avec l'allure qu'elle a — et malgré l'alliance qu'elle exhibe — il lui suffirait de trébucher dans la rue… Mais alors comment expliquer l'affaire ? Elle a bel et bien balancé le fusil dans la flotte ! J'y renonce.

Je me propose d'allumer une cigarette quand j'entends soudain des pas sur le ponton. Je m'immobilise pour écouter. Ça ne peut pas être elle. Elle est pieds nus, et même si elle a eu le temps de se rhabiller, je ne reconnais pas le claquement de ses hauts talons. C'est le pas d'un homme. Ou plutôt, à la réflexion, de deux hommes. Ils s'approchent du bungalow, et pénètrent dans le living-room. Je perçois distinctement le raclement de leurs semelles dans le silence.

Raidi, je retiens mon souffle.

La police ? Le mari ? Je me souviens brusquement des détours qu'elle a faits en ville pour rejoindre l'autoroute et de ses coups d'œil répétés au rétroviseur. Je la maudis intérieurement. Cette fois, c'est le bouquet. Il ne me manquait que ça. Je vais me faire canarder ou jouer le complice dans un flagrant délit. Et tout ça pour rien, si j'excepte la baffe magistrale que j'ai encaissée.

Vivement je regarde autour de moi. Pas de sortie de secours. La fenêtre est trop petite. Je me glisse sans bruit jusqu'à la porte et tends l'oreille.

— Tiens ! Mais voilà la somptueuse Mme Macaulay, dit une voix d'homme. Vous permettez que nous jetions un coup d'œil ?

Macaulay ? C'est pourtant bien le nom qu'il a prononcé.

— Qu'est-ce que vous voulez encore ?

Sa voix, chargée d'angoisse, n'est guère plus qu'un murmure.

— La même chose, répond l'homme d'un ton dégagé. On devient lassants, n'est-ce pas ?

— Vous ne comprendrez donc jamais que je ne sais pas où il se trouve ? s'écrie-t-elle avec emportement. Il a disparu. Il m'a quittée. Je ne sais pas où il est parti. Je n'ai pas de nouvelles de lui.

— Vous êtes un peu lassante, vous aussi, sans vous offenser. Nous connaissons la chanson par cœur. Enfin, pour en revenir au présent, vos deux expéditions en l'espace de vingt-quatre heures nous ont intrigués et nous avons voulu nous rendre compte. Ça nous donne une occasion d'admirer la nature. Maintenant, où est Macaulay ? Ici ?

— Il n'est pas ici et je n'ai aucune idée...

Elle s'interrompt, étouffant un cri et j'entends un coup assourdi. Puis un deuxième. Puis un troisième. Elle doit s'efforcer d'encaisser, en silence, mais à la troisième gifle, elle flanche. Le bref sanglot qui lui échappe ne trahit pas la douleur physique, mais une détresse totale. Je n'y tiens plus et ouvre la porte à la volée. Ils sont deux. Le plus proche à ma gauche, perché sur le bras d'un fauteuil, est en train d'allumer une cigarette. Je ne l'entrevois que du coin de l'œil, car c'est à l'autre que j'en veux. Il me tourne le dos, maintenant la fille renversée sur le divan, un genou enfoncé entre ses cuisses. D'une main, il lui agrippe le poignet et le devant de son maillot, et il la frappe de l'autre.

Il me paraît moins grand qu'elle, mais il a des épaules de déménageur.

Il opère avec une méthode, une efficacité qui me soulèvent le cœur.

Je lui attrape le bras au vol comme il va cogner de nouveau. Il lâche la fille qui s'affale sur le divan.

Rapide comme l'éclair, il rompt d'un pas et, bien que pris par surprise, se retrouve en garde, ramassé sur lui-même, prêt à contrer du gauche.

Mais j'ai déjà lancé mon poing et le coup est trop rapide et inattendu pour être bloqué, même par un boxeur professionnel.

Mon swing le cueille à contre-pied et l'expédie par-dessus le bras d'un autre fauteuil. Il roule à terre et va bouler contre le mur. Un guéridon à trois pieds lui tombe dessus.

Je m'élance sur lui, mais quelque chose me fait tourner une seconde la tête vers son copain.

Peut-être un mouvement bref que j'ai machinalement intercepté… toujours est-il que le personnage ne tient plus un briquet, mais un automatique. Négligemment, du canon de son arme, il me fait signe de reculer et de m'arrêter. Je m'exécute. Ce type est trop sûr de lui.

— Bravo ! Excellent ! fait-il avec un sourire presque approbateur. Belle entrée en scène.

Puis il considère son pistolet d'un air blasé et le glisse dans la poche droite de son veston.

Il est à trois mètres de moi. Et je me souviens de son geste éclair pour sortir le pistolet. Il ne risque à peu près rien et il le sait. Je le surveille, d'abord avec rage, mais peu à peu je retrouve mon sang-froid. Je suis intervenu parce qu'il y a des choses que je ne peux tolérer, mais maintenant je me trouve embringué dans une histoire dont j'ignore tout, sauf le danger auquel je m'expose. Pas moyen de cataloguer ces deux zèbres. Ce ne sont pas des flics. Encore moins des détectives privés engagés par le mari, puisque c'est le mari qu'ils semblent chercher… Il se nomme Macaulay, bien qu'elle ait prétendu s'appeler Wayne. Pour tout dire, c'est la bouteille à l'encre.

Le type que j'ai frappé se relève. Le geste qu'il a pour rajuster la ceinture de son pantalon, cette façon de secouer la tête pour récupérer ses esprits, sa démarche de fauve, le poids du corps porté en avant et les bras écartés, tout trahit le boxeur professionnel. Je le dépasse de dix bons centimètres, mais il a des bras de gorille et dans ses yeux brille une lueur féroce et froide. C'est un petit gars coriace qui m'évalue soigneusement, pour mieux me démolir.

— Écrase ! dit le type vautré dans son fauteuil.

— Laisse-moi le dérouiller, proteste l'autre d'un ton hargneux.

Le premier secoue la tête avec une sorte d'indifférence. Il est long, mince, indolent. Il porte une veste en Harris Tweed et un pantalon de flanelle. Je n'arrive pas à le classer. Si on oublie son regard froid et averti, on pourrait le prendre pour un champion universitaire de course à pied ou un poète mineur. On sent vaguement qu'il est un maître dans sa spécialité, quelle qu'elle soit. On décèle dans sa voix un léger accent britannique.

— Ça va, fait le boxeur, l'air boudeur. (Il fixe sur moi un œil d'envie, puis, brusquement, se tourne vers la fille.) Je la cuisine encore ? demande-t-il.

J'attends. L'atmosphère est chargée d'électricité. S'il reprend son interrogatoire, il va y avoir du vilain. Je ne suis pas un héros et je ne tiens pas à en devenir un, mais on ne peut regarder passivement certains spectacles. Au bout d'un moment, on perd la tête. Et, avec un type comme Harris Tweed, on risque de la perdre pour toujours.

Harris Tweed laisse errer un regard amusé

sur la fille, puis sur moi et secoue la tête de nouveau.

— Inutile de perdre du temps, dit-il. Il est peu probable qu'il soit ici, étant donné les circonstances, à moins que les règles du jeu aient changé. Enfin, on peut toujours jeter un coup d'œil dans les chambres et examiner les cendriers. Tu connais sa marque de cigarettes habituelle.

Le truand sort en s'arrangeant pour me cogner durement de l'épaule au passage. Je ne dis rien. Il tourne légèrement la tête et nous nous dévisageons. Je me souviens avec quelle obscène brutalité il frappait la jeune femme et nous échangeons un regard chargé de haine.

Le silence se prolonge dans la pièce. Enfin, Shannon Wayne s'agite sur le divan et se rassied. Un côté de sa figure est tuméfié et, malgré ses efforts, ses yeux se remplissent de larmes. L'une des bretelles de son maillot de bain est arrachée et retombe sur sa poitrine satinée. Elle la tripote nerveusement en observant Harris Tweed d'un œil angoissé. Le bouton a sauté. Elle maintient la bretelle en place de ses doigts et ne bouge plus.

Harris Tweed, apparemment, trouve notre compagnie fastidieuse. Il écrase son mégot en sifflotant un fragment de la barcarolle des *Contes d'Hoffmann*.

Le truand sort de la deuxième chambre.

— Nib, fait-il en ouvrant les bras.

— Pardon ? demande Harris Tweed, le sourcil levé.

— Rien. Personne n'a créché ici depuis longtemps, à mon avis.

— Parfait.

Harris Tweed déplie nonchalamment ses membres et se lève.

Le cogneur me toise d'un regard venimeux.

— Et le grand ? On pourrait le faire parler, peut-êt' bien ?

— Sans intérêt. Si tu reprenais ton travail, cher ami ?

Pas besoin de se demander qui est le patron, mais le cogneur a tellement envie de me tabasser qu'il insiste.

— C'est un coin bien peinard pour le cuisiner. Il doit connaître Macaulay.

Harris Tweed l'expédie d'un geste vers la porte.

— Voilà qui est fort improbable, fait-il. (Il pose encore sur la fille le même regard amusé.) Il ne s'intéresse à Macaulay que par personne interposée, si j'ose m'exprimer ainsi. *Vive le sport !*

Les deux hommes quittent la pièce.

Dans le silence absolu, j'entends leurs pas qui s'éloignent le long du ponton et, au bout d'un moment, leur voiture démarre.

J'aspire une profonde bouffée d'air. Je suis tendu comme une corde à violon et trempé de sueur. Les manières distinguées de Harris

Tweed masquent à peine une dureté impitoyable. Et les choses auraient pu tourner tout autrement... Mais il n'avait rien à y gagner. Il s'est assuré que Macaulay n'était pas dans les parages, simplement.

Je me détourne. Shannon retient toujours la bretelle de son maillot de bain.

— Merci, dit-elle d'un ton froid, le regard fixé dans le vide. Je regrette de vous avoir mêlé à cette histoire. Dès que je serai rhabillée, je vous ramènerai en ville.

Je m'approche d'elle, désorienté, n'y pigeant plus rien.

— Entendu, dis-je. Mais si vous pouviez m'expliquer un peu de quoi il retourne... ? Et pourquoi vous avez jeté ce fusil dans le lac ?

Son regard me transperce comme si j'étais de verre.

— Voyons ! réplique-t-elle, très sèche. Je croyais que vous aviez tiré tout ça au clair.

Elle est aussi attirante dans la colère que dans la sérénité. J'essaie d'éliminer ce point de vue de mon esprit et de la considérer objectivement. Ce n'est guère facile. Quelque chose s'est produit qui bouleverse les données. Évidemment, rien ne prouve que je me sois trompé, mais je me sens soudain bourré de remords. C'est d'autant plus bizarre que j'ignore toujours pourquoi elle a monté cette expédition et pourquoi elle a prétendu se nommer Wayne alors que les autres l'ont appelée Macaulay. N'empêche que j'ai mal interprété ses intentions. J'en suis certain maintenant.

— Je suis désolé, dis-je. Et si vous vouliez bien accepter mes excuses…

Son visage s'éclaire imperceptiblement. Puis elle sourit. Avec ses yeux encore brillants de larmes, elle a de quoi vous faire chavirer le cœur.

— N'en parlons plus, dit-elle. C'est moi qui ai tort, de toute façon. Tout bien réfléchi, votre réaction était des plus normales. Vous ne pouviez pas comprendre…

— Je ne veux plus y penser, dis-je, mal à l'aise, et j'espère que vous l'aurez vite oublié. Mais, au nom du ciel, pourquoi avez-vous organisé cette mise en scène ?

Elle hésite.

— J'espérais avoir un peu de temps devant moi pour réfléchir avant de vous expliquer. En admettant que je le fasse. Mais vous êtes trop perspicace.

— Vous décider à quel sujet ?

Son regard se plante dans le mien.

— Au sujet de vous.

— Pourquoi ?

Elle se lève, soudain nerveuse.

— Voulez-vous… m'excuser une minute ? J'aimerais me changer et si j'arrive à me décider…

— Faites donc, dis-je.

Elle sort. Je m'assieds et allume une cigarette. Inutile d'essayer de deviner ce qui se passe ou ce qu'elle veut. Je repense à nos deux visiteurs… Il y a une combine louche et sans doute dangereuse là-dessous, mais je ne vois pas le rôle que l'on m'y destine.

Elle réapparaît au bout de quelques minutes, habillée et plus séduisante que jamais. Elle s'est fait un raccord et cette affreuse tache rouge a disparu de son visage. Elle effleure sa joue de la main.

— Je tiens à vous remercier encore, dit-elle. Je ne sais pas si j'aurais pu supporter cela bien longtemps.

Je me lève.

— Alors vous savez où il est ?

Elle opine de la tête, calmement.

Je commence à comprendre le sujet de ses réflexions, mais je ne sais pas encore le sens de sa décision. Qu'est-ce qu'on attend de moi au juste ?

Nous sortons. Elle ferme la porte à clé et nous remontons en voiture.

Elle se glisse au volant, mais ne met pas le contact et se tourne vers moi, accoudée au siège, l'air grave. Sa décision est prise.

Je lui tends une cigarette, l'allume et en fais autant pour moi.

— Entendons-nous bien, dis-je. Je ne tiens peut-être pas à savoir où il se trouve.

Elle me lance un bref coup d'œil.

— Vous n'avez pas besoin qu'on vous explique, n'est-ce pas ?

— Ce n'est qu'une supposition… Mais je ne suis pas sûr de vouloir connaître le secret que le personnage en tweed a tant envie de percer. Il m'a l'air drôlement compétent, le gars.

— Vous n'avez pas besoin d'être au courant. Du moins jusqu'à ce que nous soyons prêts pour le départ. Je vous offre simplement du travail.

— Avant d'aller plus loin… Avec qui avez-vous des ennuis ? Avec la police ?

— Non. Vous avez vu ces deux individus. Ils ne ressemblaient pas à des policiers.

— Guère. Mais qu'est-ce qu'il attend de moi, votre mari ?

— De l'aide. Très exactement, il a besoin d'un plongeur professionnel.

Je tire une bouffée de ma cigarette et contemple les plages d'ombre sous les arbres, frangés de mousse.

— Le monde en est rempli, de plongeurs. Ça se bouscule à la pêche sous-marine.

— Il ne s'agit pas seulement de plonger. Vous comprenez ?… Ma mise en scène était un peu ridicule, j'en conviens, mais votre expérience mise à part, je voulais aussi savoir quel genre d'homme vous étiez. Voilà pourquoi j'avais choisi cet endroit, où j'étais sûre de rester en tête à tête avec vous. Malheureusement, je m'étais trompée. Je savais que j'étais suivie, mais je croyais les avoir semés. Enfin… (Elle rougit légèrement et détourne les yeux.) Le mal n'est pas trop grand, puisqu'il s'est figuré…

Je me sens plutôt gêné, moi aussi. Harris Tweed n'est pas le seul à s'être trompé.

— Qu'est-ce que vous voulez que je fasse ? dis-je. N'oubliez pas. Je ne suis qu'un simple employé dans une compagnie de renflouement. La chose doit être discutée avec le propriétaire…

Elle secoue la tête avec vivacité.

— Non. Il n'est pas question de ça. Il n'est pas question d'alerter le syndicat, ou l'administration, ni de laisser entendre qu'une expédition est en train de s'organiser. Il n'est besoin que d'un seul homme et d'un homme capable de se taire jusqu'à la fin de ses jours. Si vous acceptez, vous serez obligé de lâcher votre travail actuel… sous un prétexte valable, bien entendu.

— L'expédition aurait-elle un caractère illégal ?

— Non, dit-elle. Mais je vous avertis, il y a de gros risques à courir. Même dans l'avenir, si la chose venait à se savoir. (Elle s'interrompt, les sourcils froncés.) Non, attendez. Puisque vous avez soulevé la question, je vais être franche avec vous. Un aspect de l'affaire n'est peut-être pas tout à fait légal. Il s'agit du pilotage d'un bateau dans les eaux territoriales d'un pays étranger et du débarquement clandestin de deux personnes. Mais vous n'avez aucune chance d'être pris et je ne crois pas que ce soit un crime bien terrible.

— Ça dépend des raisons pour lesquelles on débarquera les personnes en question.

— On les débarquera simplement, dit-elle, le regard assombri, pour leur permettre de vivre en paix et même de vivre tout court.

— Comment se présente exactement l'affaire ? demandai-je.

Elle tire une bouffée de sa cigarette, l'écrase avec lenteur dans le cendrier et me dévisage.

— Voilà, commence-t-elle. Vous êtes chargé d'acheter et d'équiper un bateau qui tienne bien la mer, assez grand pour loger trois personnes, mais susceptible d'être piloté par un seul marin avec l'aide de deux novices. Nous vous fournirons les fonds nécessaires, bien entendu, mais toutes les transactions doivent s'effectuer sous votre nom ou sous un pseudonyme quelconque et, pour des raisons évidentes, nous n'y prendrons aucune part, jusqu'au moment où nous monterons à bord... L'embarquement doit être secret, ce qui ne sera pas facile non plus. Ensuite vous nous mènerez au large de la côte du Yucatan, pour y récupérer certains objets dans un avion privé qui a coulé dans les parages.

— Une seconde, dis-je. Dans quelle profondeur d'eau ? Vous le savez ?

— C'est à vingt mètres de fond, je crois.

J'opine du bonnet.

— Ça ne présente pas de difficultés... Je parle de la profondeur. Mais repérer l'épave, c'est autre chose. On pourrait passer des années sans jamais la découvrir. Un avion se disloque très vite, surtout dans des eaux peu profondes et agitées.

— Je crois, moi, qu'on peut le retrouver, dit-elle. Mais je vous expliquerai pourquoi plus tard. Après avoir récupéré dans l'avion les objets qui intéressent mon mari, vous n'aurez plus qu'à nous déposer sur la côte d'un pays d'Amérique centrale. C'est tout.

— Quel pays d'Amérique ?...

Je m'arrête. Elle est restée dans le vague à dessein.

— Et une fois débarqués, je reprends, que devient le bateau ?

— Le bateau est à vous. Plus cinq mille dollars.

J'émets un léger sifflement. C'est un marché en or. Et puis deux pensées m'éblouissent en même temps. J'ai l'impression d'avoir avalé coup sur coup deux lampées de whisky sec. D'abord : « Le bateau sera à moi. » Ensuite : « Le *Ballerina* ! » C'est comme si on venait m'annoncer un héritage fabuleux.

— Un instant, dis-je vivement. Combien comptez-vous mettre pour l'achat du bateau ?

— Peut-on avoir un bon bateau pour dix mille dollars ?

— Oui, dis-je.

Je pense vite. Aux dernières nouvelles, on demandait douze mille dollars du *Ballerina*, mais ça marcherait peut-être avec dix mille cash. Et comment ! D'ailleurs, dans le cas contraire, je prélèverai les deux mille de supplément sur les cinq promis.

Un autre détail me vient à l'esprit.

— Résumons-nous. Je vous dépose sur la côte du pays en question et le tour est joué, c'est bien ça ? Vous vous rendez compte, sans doute, que, sans papiers, vous serez ramassés et expulsés dans les huit jours ?

— Sur ce point, le problème est réglé, dit-elle.

Après tout, ce n'est pas mes oignons. Elle aurait même pu le faire comprendre en douce. Nous restons silencieux un moment. Je me tourne vers elle. Elle m'observe avec attention.

— Alors ? fait-elle. Qu'est-ce que vous en dites ?

Manning, à bord du *Ballerina*, me dis-je… J'évoque la ligne de sa coque… Pourtant, tout compte fait, je n'en sais guère plus sur l'affaire.

— Écoutez, dis-je, ce chargement, à bord de l'avion, c'est la propriété de votre mari ?

— Oui, répond-elle, avec un mouvement de tête résolu.

— Quel est le vrai nom de votre mari ? Wayne ou Macaulay ?

— Macaulay, fait-elle.

— Qui c'est, le type au veston de tweed ?

— Son nom est Barclay. C'est ce qu'on appelle un tueur, mais moi, je le vois plutôt comme un bourreau. Ça répond mieux à son comportement et ça décrit mieux son métier.

— Et il poursuit votre mari ?

— Barclay n'est que l'un des membres de la bande… Il poursuit mon mari, c'est un fait. Ces trois derniers mois, nous avons fui de New York à San Francisco et de Denver à Sanport.

— Votre mari ne pourrait pas alerter la police ?

— Si, probablement. Mais, de toute façon, ce n'est pas une vie.

J'hésite encore, sans savoir pourquoi. De quoi ai-je peur ? Je crois l'histoire qu'elle m'a racontée. Alors ? C'est peut-être ça. Je me sens trop désireux de la croire. Soudain, elle se penche vers moi et pose la main sur mon bras. Ses yeux gris sont immenses, tristes, implorants.

— S'il vous plaît, dit-elle.

Impossible de résister à ce regard.

— Très bien, je réponds, mais j'aimerais que vous attendiez jusqu'à demain matin pour avoir une réponse définitive. Si je vous passais un coup de fil ?

III

Elle pousse un soupir de soulagement et tend la main vers la clé de contact. Nous démarrons. J'allume une autre cigarette et me mets à ruminer l'affaire. Je ne me sens pas encore très chaud. L'idée de posséder ce bateau me ravit et je ne demande qu'à croire tout ce que cette fille me raconte, mais le fait est qu'elle ne m'en a pas dit lourd.

— Écoutez, dis-je, je ne tiens pas à savoir où est votre mari, ni ce que contient l'avion, du moment que ça lui appartient. N'en parlons plus… Mais avouez que je dispose de bien peu de données pour prendre une décision. C'est une curieuse proposition, vous devez bien le reconnaître.

Elle opine, l'air pensif.

— Peut-être, en effet. Et je comprends qu'avec le peu de renseignements que vous avez, vous doutiez de la régularité de l'entreprise. Enfin, voilà qui va peut-être vous éclairer. Mon mari s'appelle Francis L. Macaulay. Il est, ou plutôt il a été l'un des directeurs d'une compagnie d'assurances maritimes, à New York. Le nom de cette firme est Benson and Teen. Si vous leur téléphonez ou si vous vous renseignez à son sujet auprès de la police de New York, vous saurez que nous sommes et avons toujours été des gens honorables. Ceux qui s'acharnent contre mon mari sont des gangsters. Je préfère ne pas vous en dire davantage, car il s'agit de ses affaires et non des miennes. Mais c'est bien sur ce point que vous vouliez être rassuré, n'est-ce pas ? Vous ne voulez pas avoir d'ennuis avec la police ?

— Exactement, dis-je.

Pourtant, un détail me turlupine encore... Les truands n'ont pas l'habitude de s'acharner sur un honnête citoyen respectueux de l'ordre public et qui ne connaît leur existence que par ouï-dire. En règle générale, il faut avoir eu affaire aux truands, pour les exciter à ce point... Un directeur de compagnie d'assurances ? Ça ne tient pas debout.

Et que vient faire l'avion dans l'histoire ?

— Prévenez quand même votre mari, dis-je, que s'il ne peut situer précisément l'endroit où l'avion a été englouti, à un mille près, il gaspille son fric.

— Ne vous inquiétez pas, répond-elle avec assurance. Il sait exactement où l'accident a eu lieu.

— Vous en êtes certaine ?

— Oui. C'était à proximité de la côte. Quand l'avion est tombé, mon mari s'y trouvait.

— Je vois, dis-je.

Mais, en fait, je ne vois pas grand-chose.

Où allait-il ? Qu'y avait-il dans l'appareil ? Et comment est-il revenu en Amérique, en admettant qu'il soit revenu ?

En tout cas, je ne peux que constater sa répugnance à me fournir sur l'affaire des explications supplémentaires, et je renonce à la questionner. Il sera toujours temps de revenir sur le sujet quand je lui donnerai ma réponse définitive.

Mais pourquoi suis-je si réticent ? Je n'en reviens pas. J'aurais donné mon bras gauche pour posséder le *Ballerina* et voilà qu'on me l'offre sur un plateau ! Le boulot est facile. Le salaire royal. Et je crois que la fille est régulière. Que demander de plus ?

Bien entendu, je ne tiens pas à revoir le pistolet de Barclay, mais c'est un risque à courir et, d'ailleurs, il ne se doutera sans doute pas que je joue un rôle dans l'affaire. Et quand il s'en rendra compte, il sera trop tard : nous serons partis.

Cette histoire continue à me travailler, mais je renonce à savoir pourquoi.

Nous regagnons les faubourgs de la ville vers cinq heures du soir et, noyés dans une circulation intense, nous rampons littéralement vers le centre, de feu rouge en feu rouge.

Finalement, Shannon se gare dans un parking et nous nous dirigeons à pied vers un bar pour y boire un verre. C'est là que se produit l'incident. La boîte est plutôt snob, et, d'habitude, j'évite ce genre d'établissements. Lumières tamisées, des sièges tapissés de cuir bleu et un gars inspiré, aux cheveux trop longs, qui joue de l'orgue électrique. Nous nous installons dans le box du fond et commandons deux scotchs à l'eau.

Une fois nos consommations servies, Shannon note à mon intention son numéro de téléphone sur un bout de papier.

— Vous êtes sûre que ça marchera? je demande. Ils n'écoutent pas vos conversations, par hasard?

— C'est peu probable. Mais, à tout hasard, faites attention en me parlant. Dites-moi que vous avez envie de me revoir, par exemple. Il vaut mieux que nous ne nous retrouvions plus qu'une fois. J'en profiterai pour vous remettre l'argent. Ensuite, ça deviendrait trop dangereux.

— En effet, dis-je, convaincu qu'elle a raison, mais déçu quand même.

Nous nous taisons, écoutant la musique. Quelques minutes s'écoulent. Je contemple son visage quand, soudain, elle lève les yeux vers moi.

— Vous êtes bien silencieux, dit-elle. À quoi pensez-vous?

— À vous. Vous êtes la créature la plus belle que j'aie jamais vue.

Ça m'a échappé. J'en reste une seconde interloqué et puis je me traite de tous les noms.

Elle aussi marque un temps de surprise, puis elle sourit.

— Mais... je vous remercie, Bill, dit-elle.

Nous regagnons la voiture. Elle m'offre de me conduire à la jetée, mais je refuse.

— Il vaut mieux ne pas vous montrer dans les parages. Avec ces types qui vous suivent, c'est trop risqué.

— Très bien, dit-elle. (Nous nous serrons la main.) J'attends votre coup de fil, reprend-elle. Il faut m'aider, Bill. Je ne peux pas le laisser tomber.

Je la regarde s'éloigner dans sa voiture. Une espèce d'angoisse m'envahit. Je n'ai aucune envie de retourner à la jetée. J'entre dans un autre bar, y commande un verre et le sirote mélancoliquement. À deux reprises, je suis sur le point d'appeler une des filles que je vois quelquefois, pour lui fixer rendez-vous, puis je me ravise. Je m'efforce de récapituler les événements, de les mettre en ordre, mais à chaque tournant je bute sur Shannon Macaulay. Elle se promène dans la trame de cette journée comme un fil d'argent scintillant dans un carré de toile à sac.

« Voyons, me dis-je, je ne sais rien de cette femme, sinon qu'elle est mariée. Et que son mari a une meute de truands à ses trousses. Elle est grande. Elle est belle. Elle a un sex-appeal de tous les diables… Ce n'est pas la première femme que je rencontre, après tout ! Ce n'est pas les femmes qui vont bouleverser la vie d'un gars de trente-trois ans, qui a déjà été marié pendant quatre ans. Du calme… » Je me souviens au bout d'un moment que je n'ai rien avalé depuis le matin. J'entre dans un restaurant et me commande à dîner. Le temps qu'on me serve, je n'ai plus faim.

Le travail qu'on me propose n'a rien de difficile. Si Macaulay sait vraiment où se trouve l'avion, il y en a pour un mois tout au plus. Un mois… à naviguer, tous les trois à bord d'un petit bateau. Je secoue la tête avec irritation. Et puis après ? Il s'agit d'un boulot, rien de plus. Je serai propriétaire du *Ballerina.* Après les avoir débarqués, je descendrai jusqu'à San Juan. Je travaillerai pour la marine, du moins jusqu'à la saison des typhons, ensuite je filerai aux Antilles. Au fait, avec tout ce fric, je pourrais même m'offrir le tour du monde. Je me remettrais à écrire… Je repousse mon assiette et cherche des yeux la cabine téléphonique. Je vais m'y enfermer et demande l'agence chargée de la vente du *Ballerina.* La sonnerie grelotte au bout du fil et le numéro ne répond pas. Finalement, je pense à jeter un coup d'œil à ma montre. Il est près de sept heures.

Je sors dans la rue, achète un journal et, debout à l'angle d'un immeuble, le feuillette avec impatience jusqu'aux annonces classées.

Le bateau figure toujours, avec une douzaine d'autres, dans la rubrique des ventes de l'agence maritime. *12 m. sloop aux. Ballerina 4 couch.*

« Vous parlez d'une description », me dis-je avec humeur. Le poète qui l'a rêvée proposerait sans doute l'achat du temple d'Angkor en ces termes : *Résidence style anc. suscept. log. fam. nombr.*

Je descends jusqu'à la plage et me tape quelques kilomètres en flânant le long de la mer.

Il est dix heures passées quand j'attrape finalement un taxi et me fais ramener à la jetée.

Le chauffeur s'arrête devant la cabane du gardien.

— Ça ira comme ça, dis-je en descendant.

Pendant que j'attends ma monnaie, le gardien s'approche. C'est le vieux Christiansen, toujours prêt à tailler une bavette.

— Un gars a demandé après vous, monsieur Manning, dit-il. Il vous attend encore là-bas.

— Merci.

J'empoche ma monnaie et le taxi démarre.

— Il a peut-être un boulot de plongée à vous proposer, hein ? ajoute Christiansen. En tout cas, c'est ce qu'il m'a dit.

— Ça se pourrait bien, je fais. Bonsoir.

Il est un peu tard pour discuter affaires, mais ce type doit m'attendre depuis un moment déjà.

Je traverse l'aiguillage de la voie de raccordement et m'engage dans l'obscurité du hangar qui s'avance jusqu'à la jetée. Il y règne une chaleur de four. Dans la nuit d'encre, j'entends mes pas résonner contre le sol nu. Devant moi, très loin, j'aperçois un halo lumineux dans l'encadrement des portes ouvertes. C'est la lampe qui éclaire l'entrée du côté de la mer.

En débouchant du hangar, à ma gauche, j'aperçois l'échelle qui mène à la berge. Le haut de la coque est presque au ras de la jetée et je songe distraitement que la marée est en train de descendre depuis trois bonnes heures.

En me dirigeant vers l'échelle, je me rappelle le visiteur annoncé par le vieux Chris.

Je regarde autour de moi, indécis. Ma voiture est là, garée près du hangar, mais il n'y en a pas d'autre. Après tout, mon visiteur est peut-être parti... Et pourtant, Chris l'aurait sûrement remarqué, puisqu'on ne peut sortir que par le portail. C'est à ce moment précis que je distingue le bout incandescent d'une cigarette dans l'ombre, à l'intérieur de ma voiture.

La portière s'ouvre et mon client sort. C'est le boxeur. Le faible éclairage me permet tout juste de distinguer son visage dur et marqué et la lueur haineuse dans ses yeux. Sans se presser, il écrase son mégot contre la peinture de la portière.

— Je t'attendais, ma grosse, dit-il.

— Très bien, ma vieille. Des petits mecs comme toi, y en a plein les hôpitaux. Allez, sauve-toi, pendant qu'il est encore temps.

Puis, brusquement, je revois la scène. Il est

en train de cogner sur Shannon Macaulay, méthodiquement, comme un môme vicieux déchiquetant un papillon, et je suis tout content qu'il soit là. Je sens comme une boule dure me remonter dans la gorge. Je lui fonce dessus. C'est un professionnel, pas d'erreur. Il me touche trois fois avant même que j'aie pu l'atteindre. On dirait une séquence de dessin animé : boing, boing, boing ! Aucun de ses coups ne me fait vraiment mal, mais ils suffisent à me rendre modeste. À ce régime-là, il va me massacrer. Il me fermera les deux yeux et ensuite il me réduira en bouillie, bien peinard. Les swings furieux que je lui expédie ne lui font pas peur. Je n'ai pas une chance de l'abîmer, et me trouve toujours en perte d'équilibre, ce qui lui donne un sérieux avantage.

Il me lance un gauche à la face. Je lève les mains et il me décoche une droite au corps, puis il se dégage, d'un jeu de jambes rapide.

— Les doigts dans le nez ! marmonne-t-il, méprisant.

Son gauche se détend de nouveau. Je lui attrape le poignet au vol et le tire vers moi. Le truc est imprévu et peu orthodoxe et quand mon poing droit s'enfonce dans son estomac, il accuse le coup. Je l'entends hoqueter, cherchant son souffle. Je lui écrase les orteils de tout mon poids et pivote sur le talon.

Il essaie de me lancer le genou dans le bas-ventre. Je le repousse d'une autre droite au plexus. Il reprend automatiquement sa garde basse et se remet à jouer des jambes, à l'affût d'une ouverture. Il a dégusté, mais conserve toujours son sourire mauvais et son regard meurtrier. Il veut m'imposer sa tactique. Ma voiture est à deux mètres de nous et il lui tourne le dos. Je reviens à l'attaque, lui décoche un swing du droit. Il esquive et place un direct au corps. Puis il reprend sa distance, toujours aussi vite, mais il n'est plus qu'à un mètre de la voiture. J'accompagne le mouvement et il s'aperçoit brusquement qu'il bute des jarrets contre le pare-chocs.

Je lui fonce dessus. Privé de recul, déséquilibré, il est incapable de contrer. Je l'attrape par le poignet et le plastron de sa chemise et, solidement arc-bouté, lui assène une droite à la face qui fait un vilain bruit mat dans la nuit.

C'est de cette façon-là qu'il maintenait Shannon et qu'il la tabassait. Je fonce de plus belle, sauvagement, lui infligeant une dure correction.

— C'est pas pareil, hein, quand c'est toi qui dérouilles ? dis-je.

Et je cogne encore.

Il réussit enfin à se dégager de côté, mais il est un peu groggy et il a perdu la cadence. Un filet de sang lui coule de la bouche. Ma main me fait souffrir et je constate que je suis également blessé, car le sang commence à m'aveugler.

On n'entend pas d'autres bruits sur le quai que nos respirations haletantes et le raclement de nos pieds sur le ciment.

Il évolue autour de moi, un peu étourdi maintenant, et nous nous écartons du cône de lumière, à l'entrée du hangar. Soudain il se détend et place un crochet très sec au menton, mais il ne se couvre pas assez vite et mon contre le fait basculer en arrière. Je le cueille aussitôt d'un swing bien ajusté et il s'étale.

Je baisse les yeux sur lui. Je n'éprouve même plus de satisfaction.

— Fous le camp pendant que t'en es encore capable, ça vaudra mieux, lui dis-je, tout oppressé. Je suis trop lourd pour toi. Si je devais remettre ça, je te collerais cent kilos dans chaque gnon. Et quand tu les encaisseras dans les gencives, y aura plus qu'à tirer l'échelle.

Mais il n'a pas l'intention d'abandonner et se relève, les yeux luisant de haine. Je suis plus grand que lui, mais, si je l'ai envoyé au tapis, c'est parce que je l'ai pris par surprise. Il ne sera satisfait que lorsqu'il m'aura humilié. Il bat en retraite, tant bien que mal, cherchant à se maintenir hors de portée, en attendant de reprendre son souffle. Je continue à le bousculer, mais il a trop de métier pour que je puisse le sonner. Nous nous approchons peu à peu de l'échelle menant à mon bateau. Il commence à récupérer. Et soudain, il rentre en corps à corps et place une série de crochets à la face. Je lui bloque les bras et le sonne au plexus. Il flanche nettement et ses bras décrivent des moulinets désordonnés. Je lui place un direct terrible à la pointe du menton. Projeté en arrière, il essaie de rattraper son équilibre, se prend les pieds dans le lourd câble d'acier qui court le long du quai et bascule dans le noir. J'entends un bruit de melon éclaté et bondis. Le pont du bateau est noyé dans une ombre épaisse. Je ne peux rien distinguer. Un floc retentit. Il a atterri sur le plat-bord, puis a rebondi dans l'eau.

Au risque de me casser une patte, je saute. À cette heure-ci, vu la marée basse, il y a près de deux mètres cinquante à sauter. Je me reçois en souplesse et plonge la main dans ma poche pour y prendre mes clés. Puis je me souviens. Mon respirateur est resté dans le coffre de la voiture de Shannon Macaulay. J'en ai un autre dans la soute, mais les bouteilles d'oxygène sont vides.

Peu importe, je m'en tirerai sans appareil. C'est de lumière que je ne peux pas me passer. Je me précipite à la soute et me bagarre frénétiquement avec la serrure. Je finis par ouvrir, affolé à l'idée que les secondes sont comptées. Enfin je bondis à l'intérieur, dégoulinant de sueur. Je me cogne dans je ne sais quoi et lance un juron. À l'aveuglette, je mets la main sur mon projecteur étanche et sur son rouleau de câble. Je file à l'arrière, branche la prise à tâtons, la maintiens d'une main et balance la lampe et le reste du fil à la flotte. J'aperçois la lueur verdâtre du projecteur dix mètres plus bas, sur le fond de vase. Je reviens au galop à la soute prendre un masque, me débarrasse de mes souliers et me jette à l'eau. Je n'ai aucune idée du temps que m'ont pris ces préparatifs. Tout ce que je sais, c'est que si le gars était K.O., il a dû couler immédiatement. D'une détente des genoux, je pique sur la lampe. Les colonnes imprécises des piles de la jetée semblent s'enfoncer indéfiniment, à ma droite. Elles sont incrustées de bernacles, ces coquillages coupants comme des rasoirs. Je dépasse un énorme chevron latéral, puis un second. J'ai l'impression de descendre dans la cage d'un monte-charge. Je touche le fond. Le type devrait se trouver juste à droite de la lampe. Il n'y est pas. Je regarde autour de moi, angoissé. Aucune trace de lui. Je me mets à le chercher le long des piles de bois. J'essaie de réfléchir. S'il était évanoui, il aurait dû couler droit au fond, comme une ancre. Peut-être n'était-il pas complètement assommé ? Il serait alors remonté à la surface ? Je m'aperçois que je me suis engagé au milieu des piliers de soutien qui m'entourent de tous les côtés. J'ai compris de quoi il retourne, mais il est trop tard. Il faut que je remonte. Je suis à bout de souffle.

Je me propulse vers le haut, en diagonale, évitant les piliers. Mes poumons me brûlent. Je me demande si j'ai mal calculé ma plongée, si je suis resté au fond trop longtemps. Je commence à avoir peur. Si je débouche sous le bateau, je risque de ne pas m'en sortir… Enfin, je crève la surface. J'aspire deux profondes goulées d'air et replonge. Il est peut-être trop tard pour le sauver, car j'ai mis trop de temps à piger qu'avec la marée descendante, il a coulé de biais et doit maintenant se trouver sous la jetée, dans le labyrinthe des piliers.

Je ramasse mon projecteur et nage vers la charpente submergée. Une forêt de colonnes surgit autour de moi. Je pense à toutes ces poutres horizontales avec leurs gangues de barnaches au-dessus de moi, à la quille de mon rafiot. Si je perds la direction, jamais je ne remonterai à l'air libre... C'est alors que je le repère. Il est allongé sur le flanc, derrière un pilier, le visage dans la boue, comme s'il dormait. Je lâche ma lampe et descends vers lui. J'essaie de le saisir par le col de sa chemise, mais aperçois au même instant le plumet de fumée sombre qui s'échappe de son crâne et se dilue dans le courant. Je tends la main et l'applique contre sa nuque. J'ai l'impression de toucher un bol brisé, plein de gélatine.

Le boxeur est mort. Ce n'est que la pression de l'eau qui provoque l'hémorragie. Je retire vivement ma main ; il bascule doucement et s'immobilise sur le dos. Ses yeux ouverts me regardent. Je réprime un haut-le-cœur subit. Si je dégueule, je suis sûr de me noyer.

IV

Je ne garde aucun souvenir de mon retour à la surface. Je me retrouve accroché à l'échelle de bois sur le flanc de mon bateau, malade comme un chien. J'ai laissé le gars où il était. La police se chargera de le repêcher. Moi je ne veux pas y toucher.

Je grimpe les barreaux et m'écroule sur le pont, épuisé, vidé. L'eau dégouline de mes vêtements comme d'une éponge saturée. Je sens la morsure du sel sur les coupures de mon visage. Ma main droite est endolorie et, en la tâtant, je m'aperçois qu'elle est enflée. Je n'ai plus qu'à me rendre à la cabane du gardien pour appeler la police… Mais je m'assieds, scrutant l'obscurité, mesurant toute la portée de l'affaire. La mort du boxeur n'est pas accidentelle. Je l'ai tué au cours d'une bagarre. Ce n'était pas prémédité, mais quelle différence ? Je l'ai balancé au bas de la jetée et il en est mort. Ce n'est peut-être pas un meurtre, mais ils ont sûrement un terme pour ça. Et un verdict.

Enfin, il n'y a pas à tergiverser… Je ne vais pas le ressusciter en restant sur mon bateau. Je me redresse avec lassitude. Et, aussitôt, je m'arrête net. La police ne représente qu'un aspect du problème. *Et Barclay ?* Et les autres que je ne connais même pas ? Je suis déjà entré dans leur circuit en accompagnant Shannon au bord du lac. Maintenant, j'ai supprimé un de leurs hommes de main et, comme par hasard, cet homme de main voulait me dérouiller et me cuisiner à propos de Macaulay. Ils m'enverront des félicitations, les truands, je peux y compter ! Allez, Manning, t'en fais pas. Ça arrive dans les meilleures familles. Viens nous voir quand t'auras le temps, y a d'autres gars de la bande que tu pourrais rectifier…

Puis, brusquement, je m'aperçois que je ne pense plus à la police, ni à la bande de Barclay, mais à Shannon Macaulay. Et au *Ballerina.* Pourquoi ? Comment s'est-elle introduite dans mes pensées ? Bien entendu, tout le projet est à l'eau. Même si j'évite la taule, et si j'échappe à tous ces voyous, qui me prennent pour un copain de Macaulay, je ne peux plus rien pour Shannon.

Non, ça ne va pas du tout. Je n'irai pas prévenir la police. Je regrette que les choses aient tourné ainsi et je ne suis pas près d'oublier ces yeux sans vie au fond de l'eau. Mais je n'ai pas l'intention de manquer une bonne affaire à cause d'un petit vicieux qui n'a pas su s'arrêter à temps. Qu'il reste par le fond. Et bouche cousue… Puis je m'interromps.

Comment faire ? Christiansen sait qu'il était là à m'attendre. Et il surveille toutes les sorties de sa bicoque. De plus, j'ai sur la figure des marques significatives… Dans quelques jours, au fond de cette eau tiède, le cadavre remontera à la surface, avec son crâne défoncé et sa gueule tuméfiée. Je n'ai pas une chance de m'en tirer. Le gars s'est amené pour me voir et il n'est jamais ressorti. Les flics n'auront pas à se casser la tête. C'en est même terrifiant, à force de simplicité. Un type est entré. Il n'est pas ressorti. Christiansen ne manquera pas de s'en souvenir quand la police l'interrogera. Pourtant, bon sang, il doit exister une solution. Ça devient un vrai cauchemar. Je regarde de l'autre côté du bassin. Tout est tranquille. Je n'ai en face de moi qu'un entrepôt vide, un quai désert. Pas de témoins… Barclay n'est, sans doute, même pas au courant de la visite du gars, qui venait liquider un compte personnel. C'est bien ça, l'ennui. Personne ne peut me rendre responsable, sinon ce fait tout simple, mais indéniable : le boxeur s'est amené sur les docks, avec sa bagnole, mais n'est pas ressorti… Je m'interromps… En *bagnole* ? Non. Je n'ai pas vu trace d'une voiture. Mais rien ne prouve qu'elle n'est pas garée dans un coin. Dans le hangar, par exemple, qui était plongé dans l'obscurité totale.

Mon cerveau fonctionne à plein régime. Je

me redresse d'un bond et galope jusqu'à la cambuse, toujours pieds nus, dégouttant d'eau. J'attrape une torche électrique et escalade l'échelle, cours à la porte du hangar et projette à l'intérieur le faisceau de ma lampe. La voiture est là, rangée contre la paroi. J'ai une faiblesse dans les jambes, tellement je me sens soulagé. Il a dû la planquer dans le noir pour ne pas me mettre la puce à l'oreille. Mais peu importe. L'essentiel, c'est que la bagnole soit là. Je n'ai qu'à lui faire repasser le portail, et on croira que le type est sorti vivant des docks. Ce n'est pas très compliqué. À l'entrée, la lumière de la lampe tombe verticalement, l'intérieur de la voiture restera dans l'ombre. La cabane du gardien est à droite. Je peux me ramasser sur le siège, pour réduire ma taille. D'ailleurs, le gardien se contente d'habitude de lever les yeux de son canard pour me saluer de la main. Il ne distinguera pas mon visage et ensuite ne conservera pas le souvenir de ce détail. Et c'est bien la même voiture qui sera arrivée et repartie.

Mais attention. Ce n'est pas tout. Il faut encore que je revienne sans me faire repérer par Christiansen. Je peux difficilement pénétrer dans l'enceinte sans en être sorti. Là, pas de problème sérieux. Il doit être près de onze heures. Chris finit sa garde à minuit, il suffira d'attendre que son collègue l'ait relevé… Ce dernier n'a aucune raison de s'interroger sur mes allées et venues.

Je m'approche de la voiture, éclaire l'intérieur et, de nouveau, toute la combine s'écroule. Si je m'étais servi de mes méninges, j'aurais dû prévoir le coup. On enlève toujours machinalement la clé de contact du tableau de bord... Une fois de plus, je n'ai pas de solution !

Je m'adosse à la portière, consterné. Où se trouvent les clés ? Je ne le sais que trop bien. Il ne me faudrait pas plus d'une minute. Une nausée m'envahit. Je revois le spectacle, au fond de l'eau, la lumière diffuse, au milieu de cette forêt surréaliste de colonnes sombres, envahies d'algues qui ondulent doucement dans le courant et ce cadavre attentif, avec le plumet de fumée qui lui sort du crâne. Une vision surgie d'un cauchemar. Mais je n'ai pas le choix. À contrecœur, je redescends sur mon bateau et vais me planter à l'arrière, à l'endroit où le boxeur a basculé. J'aperçois le halo blafard du projecteur à mes pieds sous la jetée et me débarrasse de ma chemise et de mon pantalon trempés. Dans l'ombre, à côté de moi, j'aperçois la masse de la lourde bitte d'amarrage en acier. C'est comme ça qu'il s'est tué. Il est tombé la tête la première et a heurté le métal avec une telle violence que le crâne d'un bœuf n'y aurait pas résisté. Je me sens repris de nausées et m'efforce de retrouver mon sang-froid. Puis, d'un seul coup, mon plan d'action se précise. Jusqu'ici, il n'était qu'amorcé. En fait, ce ne sera pas la première fois qu'on retrouvera un macchab', flottant le long des côtes, le crâne défoncé et, en général, les poches vides. Je ne vais donc pas me contenter de sortir la voiture. Je vais l'abandonner dans le quartier des boîtes louches, entre le port et la ville. Peu importe alors où on retrouvera le boxeur. Les cadavres dérivent au gré des courants, dès qu'ils commencent à se gonfler d'air.

J'ajuste mon masque et me laisse glisser dans l'eau. Je pique droit, jusqu'au niveau du dernier chevron, et me faufile entre les piliers. Il s'agit d'éviter les mouvements inutiles. Dix mètres à descendre et autant à remonter, voilà de quoi épuiser sa provision d'air, et, tout à l'heure, j'ai presque dépassé la limite de sécurité. La source de lumière se rapproche. Le type est toujours là sur le dos. J'évite de regarder sa figure. D'une brasse, je l'atteins et l'empoigne par sa ceinture. Je plonge la main dans une première poche, l'estomac révulsé. Je n'en tire qu'un mouchoir. De l'autre, je sors un canif et un paquet de préservatifs. Je suis envahi d'un désir irrésistible de tout laisser tomber, de foutre le camp, de remonter à la surface. Je fais effort sur moi-même et retourne le type sur le ventre. Il est enduit de vase gluante et un nuage boueux s'élève, masquant le haut du cadavre. Je fouille ses poches arrière. L'étui de cuir contenant les clés se trouve dans la première. Ensuite, je lui enlève son portefeuille. Je recule pour examiner les clés à la lumière et m'assurer que je ne fais pas d'erreur. J'enfonce le portefeuille dans la vase, dégage ma main et rebouche le trou. Puis je m'élance vivement vers le haut, suivant le câble du projecteur. J'émerge. La nuit et le ciel sombre et limpide ne m'ont jamais paru si beaux.

J'attrape l'échelle, encore un peu secoué, et me hisse à bord. En grimpant les échelons, je constate que ma main droite me fait toujours souffrir. J'espère que je n'ai pas d'os fracturés.

Nu et ruisselant d'eau, je reste un instant immobile, à réfléchir fébrilement. Un des plus sales moments est passé. Mais il en reste un autre en perspective.

Je gagne l'autre côté de la cabine et mets le porte-clés à sécher près de l'échelle, puis je reviens à l'arrière, débranche la prise, ramène le câble, l'enroule et vais reporter le projecteur et le masque dans la cambuse, fermant la porte à clé.

J'essore mes vêtements trempés et les pends dans la cabine des douches. Un bref coup d'œil à ma montre : il est onze heures moins dix. À la lenteur de mes réflexes, je mesure la tension nerveuse que je viens de subir. Je n'ai pas enlevé ma montre pour faire les trois plongées au fond du bassin ! En principe, elle est étanche, mais cinq brasses d'eau n'ont qu'un rapport lointain avec une simple averse. Je colle le boîtier à mon oreille, perçois le tic-tac… Alors, j'enlève ma montre et l'essuie soigneusement.

Cela fait, je m'asperge avec un seau d'eau douce, je me sèche et examine ma figure dans la glace. Une bosse livide s'arrondit au-dessus de mon œil droit. J'ai une entaille au coin de la bouche et une vilaine ecchymose sous la pommette. Je ne peux pas camoufler ces marques, faudra donc que j'évite de me montrer en public... J'examine ma main. Elle est très enflée, mais au toucher, je ne sens rien de cassé. Je passe une chemise de sport blanche comme celle que portait le boxeur. Il est onze heures juste. J'ai donc largement le temps. Ce qui ne m'empêche pas d'éprouver un pincement d'angoisse.

Il faut que je prévoie une marge de sécurité. Quelquefois, le second gardien s'amène en avance et les deux gars discutent le bout de gras un moment. Ce sont deux vieux bonshommes solitaires qui n'ont dans la vie que leur boulot et leur chambre miteuse dans une pension de famille sordide. Il vaut mieux que je démarre tout de suite, même si je dois poireauter en ville avant de revenir.

Je boucle la porte, ramasse le porte-clés et monte sur la jetée. La trace humide que j'ai laissée tout à l'heure est encore apparente sur le ciment... La voiture du boxeur est une Oldsmobile verte. Parfait. La mienne est une Ford marron. Le gardien ne pourra pas s'y tromper. Je récupère à tâtons ma torche électrique, m'installe au volant et actionne le démarreur. Je me sens plutôt nerveux. Si le gardien s'est installé à la porte de sa cabane, il distinguera nettement l'intérieur de la voiture. Je ne serai fixé sur ce point qu'en débouchant à l'autre extrémité du hangar et, à ce moment-là, il sera trop tard. Une idée me vient : j'allume les phares et, après avoir amené la voiture face à la porte du hangar, je les éteins. Dès que mes yeux se sont faits à l'obscurité, je démarre avec lenteur. Je ne risque pas de heurter un obstacle, car je suis guidé par le rectangle vaguement lumineux de la porte. Parvenu à dix mètres environ de la sortie, je stoppe, descends de voiture et m'avance sur la pointe des pieds. La voie est libre. Je n'aperçois aucune silhouette près du portail ouvert, sous le cône de lumière crue de la lampe. Au-delà, je devine les terrains vagues. Le gardien est dans sa bicoque. Je regagne rapidement la voiture, referme sans bruit la portière, me tasse sur le siège et repars. La gorge en parchemin, j'ai l'impression d'avoir cent kilomètres à franchir. J'émerge du hangar, tourne à gauche et traverse l'aiguillage. Pas trop vite. Je ralentis en approchant du portail. J'arrive à la hauteur de la cabane. Une main levée, je jette un coup d'œil de côté. Le gardien est à sa table, sur un tabouret, juste derrière la fenêtre. Il relève la tête distraitement, fait un signe et reporte son attention sur le récipient. Je suis passé.

Mes nerfs se détendent d'un coup et j'ai l'impression de me liquéfier brusquement sur le siège. Maintenant, la partie est gagnée.

Je tourne à gauche au premier virage et suis une rue mal éclairée en direction de la ville, Quelques minutes plus tard, je débouche en plein centre du quartier mal famé. Je m'arrête dans un coin sombre à cinquante mètres d'une boîte de nuit illuminée au néon, d'où s'élèvent des éclats de voix et des rires bruyants.

J'examine rapidement les lieux, descends de la voiture, prends les clés et boucle la portière, exactement comme il l'aurait fait. Personne ne m'a vu. Je gagne une rue latérale et m'engage dans la direction opposée à la mer.

En passant devant un terrain vague, je me débarrasse des clés. Maintenant, je suis libéré. Pauvre petite crapule de boxeur ! Pourquoi est-il venu me chercher des crosses ?

Je ne sais pas au juste quelle distance j'ai franchie. J'ai dû marcher pendant des kilomètres. Évitant les zones éclairées, j'ai traversé une série de quartiers tranquilles en m'éloignant toujours du port. À minuit et demi, je me trouve à proximité d'un drugstore ouvert la nuit. Il est assez tard maintenant. Le temps de rentrer, il sera bien une heure moins le quart.

J'entre dans la boutique par une porte latérale, gagne la cabine téléphonique, demande un taxi et vais l'attendre à l'extérieur, dans l'ombre. Je saute dedans avant que le chauffeur ait pu voir ma figure. Tout va bien. Je me carre dans un coin du siège, hors de l'axe du rétroviseur.

Nous suivons la rue qui mène aux docks et approchons du portail. Personne en vue.

— Ralentissez un peu que je puisse donner mon nom, dis-je au chauffeur. Pas besoin de laissez-passer pour entrer.

— D'accord, chef, répond-il.

Il ralentit et stoppe à la hauteur de la bicoque. Le gardien, en service de minuit à huit heures, met le nez à la fenêtre.

— Manning, je lance sans me montrer à la lumière.

L'homme lève la main.

— Bonsoir, monsieur Manning.

Le chauffeur redémarre et s'arrête.

Une voix m'appelle.

— Hé ! Monsieur Manning ! Attendez !

Je me retourne. Le gardien s'approche.

— J'oubliais de vous dire… Y a une dame qui vous a appelé, il y a dix minutes…

Mais je n'écoute même plus. Une espèce d'engourdissement m'envahit de la tête aux pieds, tandis que je considère fixement la fenêtre de la bicoque. C'est le vieux Chris. Il vient de quitter sa chaise et regarde au-dehors, l'air stupéfait. Puis il se dirige vers la porte. L'autre gardien continue à parler devant la portière du taxi.

— … Chris se préparait justement à aller vous prévenir. Il croyait que vous étiez à bord.

Je suis incapable de faire un geste ou d'articuler un mot. Chris a rejoint son collègue et me dévisage.

— Bon sang de bois, monsieur Manning. Quand vous êtes sorti ? Je vous ai même pas vu…

J'essaie de décoller ma langue de mon palais.

— Mais, je… (Pas moyen de réfléchir. Je me sens défaillir.) Voyons… ça fait un moment que je suis passé… Vous vous souvenez ? J'étais avec mon copain. On est allé boire un verre en ville. Il devait être près de minuit… (Maintenant que je suis embarqué, je ne peux plus revenir en arrière. Je m'entends parler, sans pouvoir me retenir.) C'est ça, un peu avant minuit… Je vous ai fait signe en passant. Vous vous rappelez ?… J'étais avec un vieux pote… On est allés se taper une bière.

— Vous y étiez, dans cette voiture ? (Il me reluque avec attention, plus ahuri que jamais.) Ben ça alors ! J'ai pourtant bien regardé. Faut croire que ça ne tourne pas rond. Moi qu'étais pour aller vous prévenir sur le bateau au sujet de cette dame…

Il s'interrompt net et reprend d'un ton peiné :

— Mais dites donc, monsieur Manning, vous avez la figure tout esquintée.

J'ai atteint le fond du cauchemar, et pourtant il ne se passe rien. Personne ne m'accuse. Personne ne cherche à m'extorquer des aveux. Il n'y a là que deux braves vieux un peu bavards et désireux de me rendre service. Ils sont condamnés à rester huit heures d'affilée le cul sur une chaise, pour garder un misérable bout de terrain et, dans le secteur, je suis le seul être vivant à qui ils puissent parler et qui leur donne l'illusion de faire partie d'un monde où il se passe quelque chose. Alors, ils m'aiment bien et s'intéressent à mes allées et venues. C'est tout simple. Et ils n'oublieront pas un seul mot prononcé.

J'émets un grognement et me tâte la figure, comme étonné de la trouver sur mes épaules.

— Je… euh… Je me suis flanqué par terre en sortant du matériel de la soute.

— Si c'est pas malheureux…, commente-t-il avec sollicitude. Faudrait soigner ça, des fois que ça s'infecte ! Avec ce foutu climat, l'humidité et tout…

— Oui, dis-je. Sans faute. Merci.

Enfin, nous repartons. Le taxi traverse le hangar et s'arrête à l'autre bout. J'en descends sous l'éclairage de la lampe. Peu importe maintenant. Plus rien n'a d'importance. Le chauffeur me tend ma monnaie. Je lui refile vingt-cinq *cents* de pourboire.

— Merci, chef, dit-il.

Puis il sourit et contemple mon visage tuméfié :

— J'aime mieux pas savoir quelle tête il a, l'autre…, ajoute-t-il.

Et il s'en va.

Je m'approche de la jetée et, un pied sur le câble de guidage, au ras du sol, je regarde la zone d'ombre au-dessous de moi, à demi conscient du passage d'un gros remorqueur, qui hale un train de chalands le long du chenal. Encore une fois, c'est la simplicité des événements qui me terrifie. Il a suffi qu'un vieux type cafardeux ait voulu retarder le moment où il se retrouverait entre les quatre murs sinistres d'une pension de famille.

J'essaie de récapituler les faits. Dans quelques jours, le macchabée va remonter à la surface en un point quelconque de la côte et la police commencera son enquête…

Il va remonter à la surface ? C'est ça le hic. Il ne faut pas qu'il remonte ! Je dois l'en empêcher. Je baisse de nouveau les yeux et frissonne. Retourner au fond une fois de plus ? *Une fois !* Il me faudra plonger au moins six fois, si je veux l'amarrer solidement à l'une des piles de la jetée. À moins que je ne recharge les bouteilles de l'autre respirateur… Alors plus de problème.

Là-dessus, le nouveau désastre me saute aux yeux… Le remorqueur a disparu à l'angle du môle, tirant ses chalands vers les entrepôts de mazout, à l'extrémité du bassin. Je suis plongeur de métier et pourtant il m'a fallu tout ce temps pour me rendre compte que le remous de ses hélices jumelles vient de brasser vigoureusement tous les fonds de vase.

Une lampe de mille watts à dix centimètres

des yeux n'émettrait maintenant sous la flotte qu'une lumière de luciole. La mer descend toujours. Il faudra attendre la fin de la prochaine marée montante pour distinguer sa propre main sous la jetée. Et en plus de ça, le tourbillon propagé par les hélices a pu déplacer le cadavre. Impossible de savoir où il est maintenant.

Enfin, pour couronner le tout, Carter va débarquer dans la matinée, rentrant de La Nouvelle-Orléans, et il ne sera même plus question pour moi d'aller jeter un coup d'œil.

Je combats une vague de panique. Il me reste pourtant une chance, me dis-je, car rien ne dit que je serai soupçonné. Après tout, le boxeur est inidentifiable, maintenant que j'ai enterré son portefeuille dans la vase. Les flics n'auront aucune photo de lui, sauf celles qu'ils prendront à la morgue. Chris n'a pas dû le voir de près quand il a franchi le portail… De toute façon, j'en suis réduit aux suppositions. C'est ça le drame. Je ne serai fixé que le jour où les flics me mettront la main au collet. Il faut que je file d'ici. Je réfléchis rapidement. Je vais mettre les bouts, après avoir raconté à Carter que je pars pour New York. Je vends ma bagnole, j'achète un ticket de car, je descends en cours de route et reviens sur les docks. J'achète le *Ballerina*, sous un faux nom, bien entendu. En trois jours, je peux l'équiper, afin qu'il soit prêt à prendre la mer. Nous aurons appareillé avant même que les flics n'aient conçu de soupçons… Si tant est qu'ils en conçoivent… Ayant ainsi établi mon plan d'action, je me rends compte qu'à aucun moment l'idée ne m'était venue de renoncer à l'achat du *Ballerina*, à l'expédition avec Shannon Macaulay. Pour moi, le sort en est, apparemment, jeté et la question ne se pose pas.

Soudain, je suis pris d'un besoin irrésistible de la voir. Je ne saurais dire pourquoi. Il faut évidemment qu'elle me remette le fric pour le bateau et qu'elle m'indique le moyen de me le procurer, mais ça ne justifie pas ce violent désir de la retrouver. Pour la première fois, depuis que je suis libre, je me sens terriblement seul et, sans raison précise, c'est Shannon Macaulay que je veux voir.

Au fait, qu'est-ce qu'il m'a raconté, le gardien ? Qu'une dame m'avait appelé. Je tiens toujours à la main le papier qu'il m'a remis. Un numéro de téléphone y est noté, celui qu'elle m'avait donné dans le bar.

Il lui est peut-être arrivé quelque chose.

Je me retourne vivement et cours vers ma voiture.

V

J'aurais plus vite fait de la rappeler de la cabane du gardien, mais je ne veux pas de témoins. Je ralentis en passant le portail et le gardien de nuit me salue de la main. Je note avec amertume que le vieux Chris est enfin reparti pour rentrer chez lui. Je tourne à droite dans la rue sombre et roule vers le quartier commerçant, à dix blocs environ du centre. Le drugstore est fermé, mais à côté flamboie l'enseigne au néon d'un bar, le Elbow Room. Je me gare, descends, pousse la porte du bar et pénètre dans une atmosphère climatisée. Du fond de la pénombre monte la mélodie *Easy to love*, distillée en sourdine par un pick-up.

La cabine téléphonique est à l'autre bout de la salle, près du Wurlitzer.

Je m'enferme et sors un jeton de ma poche. Un petit ventilateur ronronne au-dessus de moi. Je me demande avec inquiétude depuis combien de temps elle m'a appelé. Vingt minutes ? Une demi-heure ?

La sonnerie retentit au bout du fil. Enfin quelqu'un décroche.

— Allô ? dit Shannon. Mme Wayne à l'appareil.

Elle me semble plutôt calme. Je commence à respirer.

— Ici, Manning, dis-je.

— Oh, Bill ! J'espérais que vous alliez m'appeler...

La joie qui perce dans sa voix de contralto me fait l'effet d'une caresse. Puis je me souviens de son avertissement. « Attention à ce que vous me direz. » Je comprends qu'elle essaie de me donner le ton...

— Quand est-ce qu'on se revoit ? dis-je.

— Vous en avez vraiment envie ?

— Vous le savez bien. Si on se retrouvait tout de suite ?

— Eh bien...

— Je peux venir ?

— Oh ! mon Dieu, pas ici ! fait-elle, jouant les effarouchées. Écoutez, Bill...

Après tout, il faut être discrets. Je me sens tout oppressé à lui parler comme si nous étions amants et je me demande quel effet lui produit cette comédie.

— Où puis-je vous prendre ? je demande.

— Nous pourrions nous donner rendez-vous dans le même bar ? D'ici un quart d'heure...

— Je vous attendrai, dis-je.

Je suis assis dans ma voiture, à l'endroit

convenu, quand je la vois arriver au volant de sa Cadillac. Pour le cas où elle serait suivie, je ne veux pas entrer dans le bar où ma figure amochée se ferait remarquer. J'avance ma bagnole le long du trottoir. Elle me repère et vient se glisser à côté de moi sur le siège. Le tout n'a pris que quelques secondes. Je démarre pleins gaz, surveillant le rétroviseur. D'autres voitures roulent derrière nous. Et après ? Il y a toujours des voitures derrière une autre voiture. J'entrevois la chevelure dorée de Shannon tout près de moi, je sens son parfum léger qui flotte dans la voiture.

— Pas d'ennuis ? je demande vivement.

— Non, dit-elle. Mais ils ont encore fouillé la maison en mon absence.

Je tourne en direction de la plage, ruminant cette dernière nouvelle. Pourquoi fouilleraient-ils sa maison ? Et comment sait-elle qu'ils sont venus, puisqu'elle n'était pas là ? S'ils sont à la recherche d'un homme, ils n'ont guère de raison de vider les tiroirs des commodes et d'éventrer les matelas, comme dans les films. Puis je commence à piger.

Nous passons devant un lampadaire. Elle se tourne vers moi et s'exclame :

— Bill ? Qu'est-ce qu'on vous a fait ?

— J'allais vous le raconter.

Je prends un virage très sec et file vers l'ouest sur le boulevard qui longe la plage. À une heure du matin, il n'y a plus qu'un éclairage réduit. La foule est clairsemée, la plupart des stands et des buvettes fermés.

Je revois le boxeur et ses yeux morts fixés sur moi. Le boxeur dont les chairs vont bientôt se gonfler, se décomposer. *Lui raconter?* Il faut être fou pour raconter des choses pareilles! Mais, si je garde ça pour moi, comment expliquer à Shannon le changement de programme? Je dois lui faire confiance. Et elle doit me faire confiance aussi. Je n'en reviens pas moi-même. Je la connais depuis moins de vingt-quatre heures. Elle ne m'a jamais dit un mot sur elle et pourtant je suis prêt à me fier à elle. Décidément, mes vieux n'auraient jamais dû me laisser sortir seul.

Je jette un coup d'œil au rétroviseur. Il y a encore trop de voitures pour se rendre compte si on est suivis. J'accélère, histoire de voir.

— Bill, fait-elle d'un ton pressant, dites-moi ce qui est arrivé.

— Ce voyou — celui qui vous a frappé... Il est venu me relancer à la jetée. Il voulait sa revanche, parce que je l'avais expédié au tapis. On s'est bagarrés et il y a eu un accident. Je l'ai expédié par-dessus bord sur le bateau...

— Il n'est pas... ?

— Si.

Elle reste silencieuse. Je lui lance un coup d'œil. La tête inclinée, elle regarde ses mains. Puis elle se redresse, le regard chargé d'amertume.

— C'est de ma faute, murmure-t-elle. Je vous ai mêlé à cette…

— Taisez-vous. C'est la faute à personne, excepté la sienne. Il n'avait qu'à se tenir peinard.

Je lui raconte l'histoire.

Je quitte la route de la digue pour descendre sur la piste de sable dur, longeant la plage vers l'ouest. La nuit sans lune est très sombre. Je perçois à ma gauche le grondement du ressac. Trois voitures roulent derrière nous. L'une d'elles s'arrête. Je continue à surveiller les deux autres.

— Je ne me le pardonnerai jamais, dit Shannon. Mais, Bill, est-ce qu'on peut prouver qu'il s'agit d'un accident ?

— Pas maintenant. D'ailleurs, quand il y a bagarre, l'accident est toujours plus ou moins provoqué. De plus, il est trop tard. Mais, je vous en prie, ne vous accusez pas de tous les péchés. Vous n'y êtes pour rien. À ce compte-là, on pourrait accuser la General Motors, sous prétexte que le bonhomme s'est amené en Oldsmobile.

— Qu'allons-nous faire ?

Je jette un coup d'œil au rétroviseur. Les deux voitures perdent du terrain à mesure que je prends de la vitesse.

— J'essaie encore d'y voir clair, dis-je. Légalement, je suis coupable, mais je n'ai pas l'intention de croupir en taule ou de me faire descendre par le gang de Barclay, pour un accident dont je ne suis pas responsable.

— Ça va de soi, dit-elle simplement.

— Parfait. Maintenant, écoutez.

Je lui expose mon plan et conclus :

— Il n'y a qu'un aléa. Vous devez me confier l'argent pour payer le bateau, sans garantie de me revoir. La parole d'un type que vous ne connaissez que depuis quelques heures, c'est tout ce que j'ai à vous offrir.

— Elle me suffit, réplique-t-elle d'un ton calme. Si je ne vous avais pas fait confiance, je ne vous aurais pas dit un mot de l'affaire pour commencer. Il vous faut un chèque de combien ?

— Quinze mille, dis-je. Le bateau va en coûter au moins dix et il y a pas mal de matériel à acheter. Quand nous serons à bord, je vous remettrai une liste détaillée et vous rendrai le reliquat de la somme.

— D'accord.

Je regarde vers l'arrière. Les phares des deux autres voitures sont loin maintenant, puis ils disparaissent un moment derrière un alignement de dunes. Je ralentis brusquement et quitte la piste de plage pour remonter vers la ville. Je m'arrête à cinquante mètres environ de l'autoroute, tous feux éteints. Nous sommes en contrebas des dunes, hors de portée des phares des voitures roulant sur la piste. Une rangée de cèdres des sables rabougris se profile devant nous dans la nuit.

Je songe brusquement que j'ai commis une bourde énorme en prenant le chemin de la plage. Si les gars de la bande suivaient Shannon Macaulay, ils ont dû la voir sauter de sa voiture dans une autre. En ce cas, ils m'ont peut-être pris pour Macaulay.

Shannon se prépare à allumer une cigarette.

— Attendez, dis-je.

L'une des voitures débouche sur la piste, suivie de la seconde. Leurs feux rouges s'éloignent le long de la plage.

Dès qu'ils ont disparu, je dis à Shannon :

— Maintenant, ça va ! et je lui donne du feu.

Elle sort un carnet de chèques de son sac et l'ouvre à plat sur sa cuisse.

Je l'éclaire avec ma torche électrique.

— Il faut choisir un nom, dis-je. Burton, ça vous va ? Harold E. Burton.

Elle établit le chèque. Je le secoue pour sécher l'encre et le glisse dans mon portefeuille.

— Maintenant, donnez-moi votre adresse.

— 106, Fontaine Drive.

— Très bien, dis-je. Je serai sans doute de retour dans trois jours. Nous sommes mardi, ça nous met donc à jeudi matin. Dès que l'achat du bateau sera réglé et que je serai à bord, je vous enverrai une carte d'anniversaire sous enveloppe. Je ne vois pas comment ils pourraient intercepter votre courrier, mais on ne sait jamais. Vous n'aurez pas d'autres nouvelles de moi. Je ne quitterai pas une minute le chantier. Il se trouve dans un secteur éloigné de la ville et je ne veux pas me montrer dans le centre. Je ne suis à Sanport que depuis six mois, mais je risque quand même d'y être reconnu. J'aurai déjà installé tout le matériel à bord, sauf les vivres dont je passerai la commande à un shipchandler.

— Mais, interrompit-elle, comment va-t-on faire monter ça à bord ?

— J'y arrive. Dès que vous aurez reçu ma carte, vous pourrez m'appeler d'un taxiphone. C'est le chantier naval Michaelson. Le sloop s'appelle le *Ballerina*.

— C'est un joli nom, dit-elle.

— Et un joli bateau. J'espère pouvoir l'acheter. Il était encore en vente hier soir. Mais si, le temps que je revienne, il est déjà vendu, je remplacerai ma carte d'anniversaire par un faire-part de naissance en vous indiquant le nom du bateau que j'achète. Il y a le choix entre plusieurs. Vous me suivez ?

— Très bien, répond-elle. (Elle se tourne légèrement sur le siège et mon regard se pose sur son visage indistinct auréolé d'or.) Votre plan me plaît tout à fait, et votre esprit de décision aussi.

Elle fait une pause et reprend d'une voix unie :

— Vous ne saurez jamais à quel point je suis contente de vous avoir choisi. Je me sens tellement rassurée, maintenant. Et moins seule…

J'éprouve un peu la même impression, mais sans doute pas dans le sens qu'elle lui donne. C'est merveilleux de se trouver près d'elle. Pendant un moment, j'oublie totalement dans quelle mélasse nous pataugeons. Le vent de mer chante autour de la voiture et, derrière nous dans la nuit, j'entends le bruit du ressac.

— Vous avez été parfait au téléphone, reprend-elle. Merci d'avoir si bien joué le jeu.

Autrement dit : « Garde tes distances, mon bonhomme. On t'a refilé de la monnaie de singe, n'essaie pas de t'offrir quelque chose avec. » Je me demande pourquoi elle se croit obligée de m'avertir. Nous savons tous les deux que c'est une feinte. Alors ? Peut-être a-t-elle remarqué que je lui marque trop d'intérêt. Je brise délibérément le charme en déclarant sèchement :

— Bon, ça va... Il y a toujours le problème de faire monter votre mari à bord. Je vais étudier la question. Il est caché dans la maison, n'est-ce pas ?

— Oui, dit-elle, surprise. Comment le savez-vous ?

— Je m'en suis douté. Vous m'avez dit tout à l'heure que les truands étaient venus en votre absence. J'en ai conclu que c'est votre mari qui vous a mise au courant.

— Rien ne vous échappe. En effet, il les a entendus et m'en a parlé à mon retour.

— Pourquoi se planque-t-il là-bas ? Où est-il exactement ?

Elle se penche, accoudée au siège, et tire une bouffée de sa cigarette.

— Je voulais justement vous en parler. Voilà

un résumé de notre histoire. Il y a trois semaines, mon mari a repéré un membre de la bande dans la rue. Ils avaient donc retrouvé sa trace. Depuis quelque temps, il cherchait à mettre au point un plan pour filer en Amérique centrale, et se débarrasser définitivement de ces gens-là. Tout était presque réglé. Sans entrer dans les détails, je dois vous signaler qu'un de ses meilleurs amis de collège est mêlé à l'affaire. Il habite en Amérique centrale, au Honduras pour être précise, et il possède une grosse fortune. Il exploite d'énormes plantations et c'est un homme politique influent. Il est également passionné d'aviation. Il fait venir tous ses appareils des États-Unis et c'est comme ça que mon mari a été pressenti. Il devait lui en ramener un. Comme vous voyez, c'était un excellent moyen de quitter le pays sans laisser de trace.

Bien entendu, à son arrivée, il se trouvait en situation illégale, mais, comme je vous l'ai dit, cet ami est un personnage très puissant. Le seul ennui, c'est que mon mari était obligé de partir seul. L'appareil qu'il devait conduire était un avion léger à faible rayon d'action, et le réservoir de secours indispensable prenait la place du second passager. Je devais donc le rejoindre plus tard en brouillant la piste derrière moi. Pour ce faire, j'allais changer plusieurs fois d'avion, en m'adressant chaque fois à une compagnie aérienne différente. De cette façon-là, je ne pouvais manquer de semer mes poursuivants en cours de route... Bon, je ne veux pas vous ennuyer avec tous ces détails... toujours est-il que mon mari a eu une panne de moteur et l'avion est tombé à la mer, au large du Yucatan. Mon mari a réussi à gonfler un canot de sauvetage et un chalutier rentrant d'une tournée de pêche l'a recueilli et ramené, par une malchance incroyable, à Sanport. Grâce à Dieu, il a pu quitter le bateau pendant la nuit et gagner la maison sans être vu. Je devais partir deux jours plus tard. Mais maintenant ils savent où nous habitons et la maison est cernée. Barclay a loué le pavillon en face et ils me surveillent en permanence. Ils attendent que je les ramène à lui.

— Mais ils ne savent pas qu'il est dans la maison ?

— Je ne crois pas. Voyez-vous, la première fois qu'ils sont venus fouiller, il était déjà en route pour le Honduras. Ils ont camouflé leur visite en cambriolage, mais je n'ai pas été dupe.

— Ne m'avez-vous pas dit qu'ils avaient recommencé aujourd'hui, ou plutôt hier ?

Elle acquiesce.

— Il est caché dans un réduit muré sous le toit, auquel on ne peut accéder que par le plafond d'une penderie, au premier étage. Il n'en sort pour ainsi dire pas. À mon avis, les membres de la bande sont convaincus qu'il est parti, mais ils savent que je finirai bien un jour ou l'autre par les conduire à lui. Je ne me doutais pas jusqu'à cet après-midi qu'ils oseraient me frapper. Je suis affolée, car franchement je ne sais pas si je pourrai tenir le coup, s'ils devaient recommencer.

Elle s'interrompt, puis reprend :

— Quant au chargement que mon mari veut récupérer dans l'avion, c'est de l'argent. Environ quatre-vingt mille dollars. Tout ce qui lui reste. Il est au bout de son rouleau, Bill. Cet accident d'avion l'a… l'a mis à plat. L'accident et aussi le fait de se retrouver à la merci de ce gang, alors qu'il se croyait tiré d'affaire. Sans parler de tout cet argent perdu, ce qui lui interdit toute possibilité de s'enfuir.

— Mais vous venez de me faire un chèque de quinze mille…

— Je sais. Comme vous le pensez bien, il m'avait laissé les fonds nécessaires pour le rejoindre. Et puis j'ai vendu mes bijoux et emprunté ce que je pouvais sur la voiture.

Je me faisais une tout autre idée de la situation. Bien entendu, Shannon m'avait remis ce chèque de quinze mille dollars, mais si j'avais trahi sa confiance et filé avec le fric, j'aurais été persuadé qu'elle n'aurait d'autre peine que de demander à la banque du pays un virement de même importance.

Mais je me suis trompé du tout au tout. Le fric qu'elle m'a remis, c'est le pécule de la dernière chance. Cette fille sait risquer le paquet. Et quand elle me dit qu'elle me fait confiance, elle ne joue pas sur les mots.

— Écoutez, dis-je. Je pourrais sans doute trouver un bateau moins cher…

Elle secoue la tête.

— Je ne veux pas partir en mer sur un bateau bon marché. D'ailleurs, nous récupérerons l'argent dans l'avion.

— D'accord, mais attention. Pensez à votre situation, s'il m'arrivait quelque chose !

— C'est bien parce que j'y ai pensé, Bill, que je vous ai dit cet après-midi qu'il me fallait un peu de temps pour me décider à votre sujet.

— Je vois. Permettez-moi maintenant de formuler une remarque d'ordre personnel.

— Pourquoi pas ? Je vous écoute…

J'essaie de prendre un ton dégagé.

— J'ai plaint votre mari, en songeant qu'il était tout seul, au milieu de la tourmente. Mais je me rends compte de mon erreur ! Personne n'est moins seul que lui.

Elle reste un moment silencieuse et je me demande si je n'ai pas été trop loin. Après tout, elle est dans une position embarrassante et j'ai déjà été averti une fois : « Sens interdit ! »

Et puis les choses se précipitent, balayant toutes mes pensées. Shannon se glisse vers moi sur le siège, murmurant : « Bill… Bill ! », son visage levé vers le mien. Ses bras se nouent autour de mon cou et me voilà submergé par Shannon Macaulay comme par une lame de fond. Je l'étreins avec violence et l'embrasse, saoulé par son parfum et le contact de son corps. En même temps, je m'efforce de ne pas perdre pied, de me convaincre que c'est une feinte et que si elle répète sans cesse mon nom, c'est pour m'éviter de récolter une balle dans le crâne.

En fait, je ne puis réfléchir avec cette fille dans les bras. C'est donc mon instinct qui m'a mis en garde. Regardant par-dessus ma tête, Shannon a dû apercevoir le type qui se détachait sur le ciel noir.

Le ressac et les battements sourds du sang à mes tempes ne m'ont pas permis d'entendre ses pas, mais il doit être planté près de la portière, penché sur ma nuque, et si elle n'avait pas su le persuader qu'elle embrassait un nommé Bill et non Macaulay, elle serait déjà éclaboussée de mon sang.

— Ça va, Jack, dit une voix. Arrête les frais et tourne-toi.

Mes nerfs se détendent si brusquement que je réprime de justesse un fou rire presque hystérique, à l'idée qu'il a dû entendre Shannon m'appeler Bill, puisqu'il me baptise Jack, au lieu de me descendre sans un mot.

Je me détourne. Une lumière crue m'aveugle et une autre voix que je reconnaîtrais n'importe où observe avec une politesse glacée :

— Fichtre ! Quel tempérament !

Deux détails me frappent simultanément. *Primo*, ils n'ont pas entendu notre conversation et ne soupçonnent rien. Shannon a eu le réflexe si rapide qu'ils nous ont surpris en train de nous bécoter, comme il se doit, dans les voitures arrêtées le long d'une plage. Parfait.

Mais c'est le second point qui me chavire. Avec cette lampe qu'ils me braquent en pleine figure, à moins d'être aveugles, ils vont sûrement remarquer les marques laissées par le boxeur… En effet…

— Hmmmm…, fait Barclay à mi-voix. C'est donc là qu'il est allé…

Je ne dis rien. Je sens des picotements me parcourir la nuque.

— Il est passé vous voir, hein ?

— Qui ça ? dis-je pour gagner du temps. (Il faut que je trouve un joint.) Qu'est-ce que vous me chantez ?

— Ne faites pas l'abruti, pour l'amour du ciel ! Je parle du garçon que vous avez dérouillé au bord du lac…

Si je nie, ils ne couperont pas dans le panneau, et, en constatant que son absence se prolonge, ils iront cuisiner les gardiens. La meilleure solution, c'est de reconnaître les faits. Ça ne m'avancera peut-être pas, mais c'est mieux que rien.

— Ah ! celui-là ? dis-je, oui, il est venu me voir. Vous devriez voir sa tête à lui !… Mais je vous préviens, s'il revient m'embêter, il sera encore moins beau à voir la prochaine fois.

— Où est-il maintenant ?

— J'en sais rien, moi. Il ne m'a pas confié ses projets d'avenir.

Ça sonne faux. Je suis mal parti et j'ai une trouille bleue avec mes airs fanfarons. La lampe m'éblouit, et, au-delà, le monde n'est qu'un grand trou noir.

— Enfin, c'est sans importance, dit-il, mais il reste un point à régler. On vous conseille de quitter le coin, Manning, et en vitesse. Vos petits rendez-vous champêtres avec Mme Macaulay commencent à nous lasser. C'est la deuxième fois qu'on s'engage sur une piste, pour vous trouver au bout, en train de roucouler dans la nature. Sortez de cette bagnole.

Je n'en ai aucune envie, mais je m'exécute. En fermant la portière, Shannon, haletante, murmure :

— Non. Non. Non !

C'est du boulot de professionnel sans bavures. Personne ne dit rien. Personne ne s'énerve. Impossible même de savoir combien ils sont en plus de Barclay. Je fonce sur la première silhouette qui se présente, parce qu'il faut bien faire quelque chose. La matraque s'abat sur mon biceps et mon bras retombe, inerte comme un salami, traversé d'une douleur fulgurante. Ils me ramènent les bras dans le dos, ils m'obligent à creuser les reins et l'un d'eux me sonne au plexus. D'abord, je réussis à contracter mes abdominaux au rythme de gnons répétés. Vlan-swing-vlan… Mais au bout d'un moment, je ne puis plus tenir. Dans le lointain, j'entends Shannon pleurer, puis ouvrir la portière de la voiture, mais tout de suite, d'une bourrade, un des types l'expédie par terre.

Quand ils se décident à me lâcher et à quitter les lieux, mes genoux plient et je m'affale en avant, face contre terre. Je perçois ma respiration sifflante au fond de ma gorge et ma bouche se remplit de sable.

VI

J'essaie de rouler sur le côté. Je sens Shannon qui me soutient, à genoux, près de moi.

— Les brutes, dit-elle. Les ignobles brutes...

Dès que je retrouve la force de m'asseoir, je me traîne vers la voiture et m'y adosse. Les nausées se dissipent peu à peu. Mon bras droit, parcouru de fourmillements, est complètement engourdi à l'exception du point douloureux au-dessus du coude et je ne peux pas remuer mes doigts. Je me frictionne le biceps de ma main valide.

Shannon Macaulay s'assied sur le sable à côté de moi, me prend doucement le bras et se met à le masser.

— Je suis désolée, Bill, dit-elle. Affreusement désolée.

— N'en parlons plus, dis-je.

Ma main gauche se crispe sur le sol et le sable coule entre mes doigts. Je l'ouvre et la referme et j'avale ma salive. Un goût âcre et métallique m'emplit la bouche. Je respire profondément et ma tremblote s'atténue.

— Ce qui est fait est fait… Vous n'êtes pas blessée ?

— Non. Je suis tombée, c'est tout.

Au bout d'une minute, nous remontons dans la voiture. Elle m'allume une cigarette. Je la prends de la main gauche tout en essayant de réveiller la droite. J'entends le grondement léger du ressac derrière nous. Le vent de violence, surgi soudain du fond de la nuit, s'est apaisé aussi vite qu'il est venu. Les truands ont fait leur petite démonstration et ils sont partis. Ils ne se sont même pas donné la peine de me préciser ce qui m'attend si je m'obstine à rester dans le secteur. C'était clairement sous-entendu. Et d'ici quelques heures, ils vont commencer à se demander ce qu'est devenu leur petit copain. À ce moment-là, ils ne manqueront pas de me rendre visite et de me faire subir un interrogatoire en règle.

Mon bras se désankylose par degrés et je me retrouve en état de conduire. Nous démarrons. Aucun de nous ne fait allusion à la façon dont je l'ai embrassée quand elle a improvisé son numéro. Ça jetterait un froid, un point, c'est tout.

— Mais qu'est-ce qu'il leur a fait, Macaulay ? je demande.

Elle hésite.

— Vous avez raison, ça va, dis-je. Ce n'est pas mes oignons.

— Non, répond-elle, les yeux fixés sur la ligne

d'écume qu'effleure le faisceau des phares, la question n'est pas là. Mais je ne suis pas moi-même très au courant.

— Il ne vous a pas expliqué ce qui se passe ?

— Si, en grande partie, mais je ne sais pas tout. Il prétend qu'ainsi, je cours moins de risques. C'est arrivé il y a trois mois environ. Mon mari devait se rendre sur la côte pour affaires et rester absent huit jours. Mais trois jours après, il m'a appelée en pleine nuit de San Antonio, au Texas. Il était très nerveux. Il m'a dit de faire quelques valises, de caser le maximum d'affaires dans la voiture et de filer tout de suite pour Denver. Il ne m'a rien expliqué, il m'a simplement dit qu'il avait des ennuis et que je devais quitter New York sans délai. Je suis donc partie et je l'ai retrouvé là-bas. Il m'a expliqué qu'un accident s'était produit au cours d'une soirée, près de Los Angeles. Je sentais qu'il préférait ne pas en parler, mais il a finalement admis qu'un homme avait trouvé la mort et qu'il avait été témoin du crime…

— Mais pourquoi ne s'explique-t-il pas avec la police ? dis-je. En tant que témoin d'un crime, il sera protégé.

— Ce n'est pas si simple, répond-elle. Une des personnes impliquées dans l'affaire est un capitaine de police.

— Oh !

Le scénario me paraît trop bien réglé, mais, d'un autre côté, je ne doute pas un instant des paroles de Shannon. Je refuse de tenir compte du fait que je suis prêt à croire Shannon, même si elle affirmait que sur l'autre face de la Lune est installé un pare d'attractions. D'ailleurs, ça n'y change rien. Elle ne ment sans doute pas. Mais Macaulay ?

— Depuis combien de temps êtes-vous mariée ? je demande.

— Huit ans.

— Et il a toujours travaillé dans cette compagnie d'assurances ?

— Oui. Il y est entré dès qu'il a eu fini son droit, en 31 ou 32, et n'a quitté son poste que pour trois ans, pendant la guerre.

Je hoche la tête. Tout ça ne m'avance guère. Nous pénétrons dans la ville. Les lampadaires projettent une lumière ambrée, les camions de la voirie roulent déjà dans les rues. Je m'arrête près de sa voiture et nous descendons. Elle me tend la main.

— Merci, dit-elle. J'attendrai votre carte avec impatience.

La rue est déserte. Je lui tiens toujours la main. Je ne peux pas me résoudre à la quitter. Puis je me souviens de la phrase qui m'a échappé au bar, pour l'avoir trop regardée, et je lui lâche la main.

— Ne sortez pas de chez vous la nuit, pendant mon absence, dis-je. Si vous devez vous rendre en ville, choisissez les heures où il y a foule dans les rues.

— Ne vous inquiétez pas.

— Si vous remarquez une voiture qui vous suit, tout à l'heure, en rentrant, ne vous frappez pas. Ce sera la mienne.

Je lui file le train tout le long du trajet, et nous pénétrons l'un derrière l'autre dans un quartier très riche des faubourgs, à proximité du Country-Club. Elle s'engage dans une allée et stoppe sous un auvent devant une villa de style méridional, avec un toit de tuiles et des balcons en fer forgé. Je me gare à l'amorce du virage et inspecte les abords de la maison où le feuillage des grands arbres touffus se découpe contre le fond lumineux des réverbères et projette des ombres denses sur les pelouses bien entretenues. Un fait divers dans ce coin tranquille ? Je tourne la tête et examine la façade de la maison d'en face. Pas une lumière aux fenêtres, mais ils sont là-dedans à la guetter, tandis qu'elle descend de la voiture et cherche ses clés dans son sac. Elle me fait un signe d'adieu de sa main gantée de blanc et pénètre à l'intérieur. Je repars tout en examinant les lieux. Sa villa est la seconde maison après le croisement. Je tourne dans la première rue latérale, roulant lentement. Une allée dessert les arrières de la villa. Une voiture est garée en travers devant l'entrée, dans l'ombre des arbres, et j'entrevois au passage un bras accoudé à la portière. Ils la surveillent sous tous les angles. Une seconde bagnole est sûrement postée à l'autre bout de l'allée. Et c'est de cette place forte assiégée qu'il va falloir sortir Macaulay. Et, à ce moment-là, j'aurai, moi aussi, toute la bande sur le râble.

Je retourne à la jetée et descends de voiture en pensant au bonhomme qui flotte quelque part, à mes pieds, dans l'impénétrable obscurité liquide, saturée de vase. Je songe que moi aussi je risque d'être refroidi d'ici peu, si je ne me tire pas en vitesse. Je dévale l'échelle. La surface du bassin est noire et immobile, comme celle d'une rivière de brousse. Il règne une chaleur étouffante dans la zone d'ombre épaisse au-dessous du niveau de la jetée. J'ouvre la porte de la cabine. On se croirait devant la gueule d'un four. Je regarde ma montre. Il est près de trois heures. Je gagne la cuisine où je mets de l'eau à chauffer dans le percolateur électrique, puis je vais examiner ma figure dans la glace de la douche. Mes ecchymoses sont loin d'être guéries. J'ai l'impression qu'un tank m'a passé sur l'estomac, mais ces traces, au moins, ne sont pas visibles.

En attendant que l'eau bouille, je tire mon sac de sous la couchette et commence à y empiler mes affaires. Carter va me traiter de salopard en me voyant décamper sans préavis, mais si je veux des oraisons funèbres, je n'ai qu'à rester dans le coin, et je serai servi à l'enterrement. Je me rase et range ma trousse de toilette dans le sac. Les vêtements pendus dans la douche sont encore humides. Je les roule dans un papier et les emballe également.

L'eau commence à bouillir. Je la verse dans une casserole et en remets autant à chauffer. Assis sur ma couchette, la casserole posée devant moi sur un tabouret, j'y plonge la main et la laisse tremper jusqu'à ce qu'elle vire au rouge brique. De l'autre main, j'humecte un bout de serviette et la maintiens plaquée sur les meurtrissures de ma figure. Dans le silence absolu, j'écoute ronronner le ventilateur et, brusquement, Shannon Macaulay submerge toute la pièce de sa présence. Je sais que c'est idiot, mais je n'y peux rien. Elle est là autour de moi, partout, dans les moindres recoins. Elle a envahi la cabine, comme l'eau soumise à une pression trop forte et qui emplit d'un seul coup une cloche de plongée.

« Bon sang, me dis-je avec irritation, je recommence à perdre les pédales... Si seulement je pouvais me fourrer dans le crâne que j'ai affaire à la femme de Macaulay... » Mais, au fait, qui est Macaulay ? Le directeur d'une compagnie d'assurances pourchassé par des gangsters qui veulent lui faire la peau... Drôle d'histoire !...

Il sait piloter. De nos jours, c'est chose courante. Je suis peut-être parmi les derniers à ne pas savoir manœuvrer un avion. Seulement, il y a une marge entre un vol de cent kilomètres, dans un piper cub, au-dessus d'une autoroute ou d'une voie ferrée, et un voyage de mille bornes au-dessus de l'océan et de la jungle, sans point de repère précis. Pour s'en tirer, il faut être navigateur chevronné et pour repérer exactement où un avion s'est écrasé dans la flotte en volant à deux cent cinquante kilomètres-heure, même si l'accident s'est produit en vue de la côte, il faut être un super-champion.

Puis un détail me revient à l'esprit. L'appareil est sous vingt mètres d'eau, mais, d'après Macaulay, assez près de la rive pour permettre le repérage sur un point fixe. Et cela sur la côte du Yucatan ! Je ne connais pas le secteur, mais j'ai souvent étudié la carte marine et j'ai bien l'impression que la limite des eaux profondes est nettement plus au large… Enfin, peut-être a-t-il basé ses calculs non pas sur un point du rivage, mais sur les restes d'une épave ou sur un brisant.

Je continue à baigner ma main et à renouveler les compresses sur ma figure. Au petit jour, je m'en vais jusqu'au plus proche bistrot et avale un jus. Déjà je sens peser sur moi la menace des truands. Il y a près de douze heures que leur acolyte a disparu.

Je gagne la station d'autocars dans le centre. Un car part pour l'est à dix heures trente-cinq. Je m'aligne dans la file qui poireaute au guichet. Mon tour venu, je demande un billet pour New York. Quand le type a fini de gribouiller dans des cases blanches et de marteler son papier à coups de tampons, je sors mon portefeuille et constate, effondré, qu'il me manque sept dollars.

Je l'ai dans l'os, pas d'erreur, mais je me tâte les poches, les retourne et fouille à trois ou quatre reprises dans mon portefeuille tandis que la file s'allonge derrière moi et que les voyageurs se mettent à rouspéter. Quand le préposé commence à me faire la gueule, je lui demande de garder mon billet en réserve pendant que je vais chercher la somme manquante.

Je me retrouve dans la rue. La matinée est chaude et paisible, mais la zone glacée entre mes omoplates ne cesse de s'étendre. Je scrute les devantures des boutiques, m'arrête brusquement, regarde autour de moi en allumant une sèche. Pas de doute, il y a des types qui me filent le train. Des centaines de types même, tous les gars qui se rendent à leur boulot.

Je continue à rouler et m'arrête au premier dépôt de voitures d'occasion que je trouve ouvert. Un type avec un cigare fiché entre les dents considère ma Ford avec une parfaite indifférence, m'explique avec des sanglots dans la voix que les affaires sont au plus bas et m'en offre la moitié de sa valeur. Je sais que je n'en obtiendrai pas un radis de plus, mais je braille comme un marchand de tapis et m'en vais. Vingt minutes plus tard, je reviens le trouver et lui remets les papiers de la bagnole en échange d'un chèque. Il se souviendra de moi, lui aussi. J'ai beuglé encore plus fort que lui.

Je prends un taxi jusqu'à la jetée en consultant ma montre toutes les trois minutes. C'est le premier endroit où ils rappliqueront quand ils commenceront à s'interroger sur le sort de leur copain et ma situation est de plus en plus précaire. Enfin je ne vois personne au portail et le gardien secoue la tête quand je lui demande si je n'ai pas eu de visites.

— Mais vous avez un télégramme, ajoute-t-il.

Il est de Carter. L'ouverture des enchères pour cette adjudication d'épave a été retardée et il ne rentrera pas avant demain. Nous roulons jusqu'au quai et je dis au chauffeur de m'attendre pendant que je vais chercher mon sac. Sur le trajet de retour, je ne vois toujours personne. Je confie les clés au gardien, fais une vague allusion à un parent gravement malade et lui explique que je pars pour New York.

Je me retrouve à la station des cars. L'employé me gratifie d'un grognement hargneux et tend la main vers le billet avant que j'aie ouvert la bouche. Il est dix heures dix. Je vais jusqu'à la banque, change le chèque et liquide mon compte.

Je trouve dans le même bloc d'immeubles un bureau télégraphique. J'expédie un câble à Carter pour lui permettre de dénicher un autre plongeur à La Nouvelle-Orléans. C'est bien le moins que je puisse faire.

Les dix dernières minutes sont saumâtres. Je n'arrête pas de guetter l'apparition d'un des membres de la bande, tout en sachant que c'est idiot puisque je ne connais que Barclay. Après une attente qui me semble interminable, un haut-parleur annonce le départ. Je sors de la salle d'attente et grimpe dans le car. Ma place est au bord de l'allée centrale, loin de la fenêtre. Je m'installe, les nerfs en pelote. Enfin, le chauffeur tire la portière et nous quittons la station.

Le petit bonhomme à côté de moi, près de la fenêtre, veut savoir où je me rends et, sur ma réponse, il remarque :

— Sans vous offenser, je peux pas encaisser ce patelin. Ça grouille d'étrangers là-bas, ajoute-t-il.

Tandis qu'il m'expose son opinion sur New York, le chauffeur déclenche le climatiseur et nous commençons à prendre de la vitesse dans les faubourgs.

Je me décontracte subitement. J'ai l'impression de fondre.

Je me redresse d'un coup de reins et jette un coup d'œil circulaire. Un bon bout de temps a dû s'écouler, car nous roulons en rase campagne.

Les voyageurs sur les sièges voisins me fixent avec des yeux ronds et le type qui n'aime pas New York me secoue le bras. Puis il sourit, avec un air confus.

— J'ai pensé qu'il valait mieux vous réveiller, dit-il. Vous aviez un cauchemar.

— Oh ! je fais. Merci bien.

Je suis inondé de sueur.

— Vous deviez rêver d'incendie, reprend le petit homme. Vous arrêtiez pas de gémir et de parler de fumée.

VII

Nous entrons dans La Nouvelle-Orléans à dix heures un quart du matin. Les voyageurs qui continuent vers l'est doivent changer de car, après un arrêt de quarante minutes. Je cherche la consigne des bagages, y interpelle un gamin noir et lui remets mon billet de consigne avec un dollar.

— Tâche de me trouver mon sac, veux-tu ? dis-je. J'aimerais me débarbouiller un peu entre deux cars.

Il me le ramène tout de suite. Je tourne l'angle du bâtiment vers les lavabos, me défile par une porte latérale et saute dans un taxi. Dans un petit hôtel près de Canal Street, je signe sur le registre *James R. Madigan* et, une fois monté dans ma chambre, j'examine l'état de ma figure. Les marques commencent à s'estomper et, d'ici quelques heures, elles passeront sans doute inaperçues. Je remplis le lavabo d'eau bouillante et reprends mon travail de bassinage tout en laissant tremper ma main qui, déjà, reprend un volume normal.

Ils peuvent à la rigueur découvrir que je n'ai pas poursuivi mon voyage en car et même me suivre à la trace jusqu'à cet hôtel, recherchant un nommé Madigan, mais à partir de là, la piste se brouille. Harold E. Burton n'est qu'une signature sur un chèque de quinze mille dollars et ils songeront à tout, sauf à me chercher à Sanport.

J'étudie mon plan d'action. Il faut que j'achète un break pour revenir à Sanport avec tout le matériel. Ensuite je l'abandonnerai dans la nature... Non. Il vaut mieux la mettre dans un garage. Au bout d'un an environ, ils la vendront pour payer les frais de garde et si jamais quelqu'un s'y intéresse, il saura simplement que le propriétaire en a été un certain Burton, parti à la voile pour Boston et qui n'a plus jamais donné signe de vie... Il y a plein de gens qui disparaissent en mer, en particulier des navigateurs solitaires.

Bon. Et une fois que j'aurai déposé mes passagers sur la côte d'Amérique centrale, que ferai-je ? La Floride me paraît tout indiquée. Je pourrai m'y perdre au milieu de ces milliers de marins qui gagnent leur bifteck le long de la côte d'une façon ou de l'autre et peu à peu me fabriquer une nouvelle identité. Je déchire tous mes papiers en menus morceaux et les fais disparaître dans la cuvette des waters avec le reste du billet de car. Dès que j'ai éteint les lumières pour m'allonger, je recommence à penser à elle.

Il est huit heures et quelques, quand je me réveille. Je me rase en vitesse, constatant que ma figure a presque retrouvé son aspect normal, et endosse un complet propre de toile blanche. Un soleil éclatant inonde Canal Street, faisant miroiter les chromes et les glaces des voitures. Je reconnais la chaleur poisseuse de La Nouvelle-Orléans. Je me fraie un chemin dans la foule et consulte ma montre… Les banques ne seront pas ouvertes avant une heure… Je me procure de la monnaie dans un débit de tabac et me dirige vers une rangée de cabines téléphoniques.

Je demande Sanport et obtiens l'armateur au moment précis où il entre dans son bureau.

— Allô ! dis-je, cuisant dans la chaleur de ma guérite sans air, je m'appelle Burton. Un de mes amis m'a signalé que vous aviez un sloop à vendre. Un douze mètres baptisé *Danseuse* ou un nom comme ça…

— Oui, répond-il, c'est exact. C'est le *Ballerina*, un bon bateau, en parfait état.

— Combien en demandez-vous ?

— Onze mille dollars.

— Ça me paraît bien gros, dis-je. Mais je cherche un voilier de sa classe et j'irai jusqu'à dix mille s'il est vraiment impeccable. Si j'allais lui jeter un coup d'œil ? Je suis à La Nouvelle-Orléans, mais je pourrais débarquer demain matin si vous avez la possibilité de le mettre à sec.

— Parfait, répond-il. Il est au chantier Michaelson. Nous attendons votre visite.

— Vers neuf heures, alors.

Jusqu'ici, tout va bien. Le *Ballerina* n'est pas encore vendu. Dès l'ouverture, je pénètre dans la première banque venue, y endosse mon chèque et me fais ouvrir un compte en priant le préposé de le faire valider par câble avec la banque de Sanport. On m'annonce que la banque aura la réponse en début d'après-midi.

Les stands de bagnoles d'occasion sont dans le même quartier. Je ne trouve pas de break dans le premier et me prépare à partir quand une idée me vient à l'esprit… Je n'arrête pas de me creuser les méninges pour trouver la combine qui me permettrait de sortir Macaulay de sa maison et je commence à entrevoir une occasion. Ce n'est pas un break qu'il me faut. J'ai besoin d'une camionnette noire, à panneaux pleins. J'en déniche une dans le dépôt suivant. Après l'avoir essayée, je déclare au vendeur que je reviendrai lui donner ma réponse un peu plus tard. Je ne peux rien acheter avant que le chèque soit validé.

Le télégramme de la banque de Sanport arrive peu après une heure. Je tire un chèque de trois mille dollars, passe prendre la camionnette et me rends à un magasin de fournitures navales. Il me faut environ deux heures pour réunir tout l'attirail prévu, chronomètre, sextant, table d'azimut, calendriers, cartes marines, etc., jusqu'à une paire de jumelles et un poste récepteur de croisière. Restent les engins de plongée. Bien entendu, j'ai mon appareil à récupérer dans la malle de la Cadillac, mais la côte du Yucatan est trop lointaine pour qu'il soit question de revenir chercher des pièces de rechange en cas de pépin. J'en achète donc un autre, avec des bouteilles supplémentaires que je fais remplir. À cinq heures, la camionnette est bourrée de matériel et je n'ai plus qu'à passer régler ma note à l'hôtel avant de prendre la route.

Non. J'omettais un détail essentiel. J'entre dans un bazar et y fais l'acquisition d'une carte d'anniversaire.

Je roule toute la nuit.

À l'aube je vois apparaître les faubourgs de Sanport. Je m'arrête à une station-service pour me raser et me débarbouiller pendant que le pompiste fait le plein d'essence. Je me sens plutôt nerveux en approchant du centre, mais le moral est bon. Je n'ai encore aucune raison de me faire des cheveux. Au volant de ma camionnette, je dois passer pour un blanchisseur ou un livreur de cigarettes en tournée.

Le chantier Michaelson se trouve à cinq kilomètres de la ville, à l'extrémité opposée de Parker Mill. Il couvre une étendue de sable, qui se prolonge vers les passes balisées à l'extrémité est de la plage, au-delà du môle, et n'est séparé du golfe que par des bancs de vase. À deux cents mètres environ de l'entrée, au milieu des terrains vagues, s'élève un groupe de bâtisses parmi lesquelles une ou deux buvettes, un restaurant et une boutique déserte avec la pancarte *À louer* sur la devanture.

J'arrête la camionnette devant le café, ferme la portière à clé et pénètre dans l'établissement. Il est encore très tôt. Une fille de salle prépare du café dans un grand pichet. J'en bois deux tasses avec des beignets chauds. Le journal du jour est posé sur le comptoir. J'y jette un coup d'œil, mais on n'y parle pas d'un repêchage de cadavre. L'accident est trop récent. Mais je ne perds rien pour attendre.

Les ouvriers du chantier commencent à rappliquer. Je leur emboîte le pas et franchis la grille. Le *Ballerina* a été tiré à sec sur la voie de halage. Je reste un moment immobile à le contempler. Il a des lignes effilées, conquérantes, l'étrave élancée et l'étambot fuyant. Il doit faire près d'un mètre quatre-vingts de tirant d'eau avec deux tonnes de métal dans la quille. Je ne suis jamais monté à bord, mais je l'ai vu plusieurs fois au bassin des yachts et ses caractéristiques me sont familières. J'ai couru sur un voilier de même type peu de temps après la guerre. J'ouvre mon canif et circule sous le carénage, dans mon complet blanc, pour l'inspecter de près. Il y a bien six mois qu'il n'a pas été mis sur cales et la coque est incrustée d'algues et de bernacles, mais, au bout d'une demi-heure, je sais que sous cette carapace de parasites marins, il est aussi solide que le jour de son lancement. Je poursuis ma revue de détail, à peine conscient du fracas des marteaux riveteurs tout autour de moi. Je me procure une échelle, grimpe sur le pont et continue ma visite d'inspection. Le bateau a été entretenu avec soin. Je me souviens que Carling l'a équipé d'un nouveau jeu de voiles, il y a quelques mois, dans le bassin des yachts. Il est donc inutile de les examiner. La cabine me semble impeccable, sans aucune trace d'infiltrations dans le rouf. L'aménagement intérieur est parfait pour trois passagers. Il comporte deux couchettes à l'avant, puis un dégagement à gauche et une sorte de placard à droite délimité par une cloison, qui ne laisse qu'un étroit passage. Un simple rideau permettra donc de faire deux cabines. Deux bat-flanc installés de part et d'autre du passage peuvent être transformés en couchettes. Une table à cartes pliante se rabat sur l'un des deux et, au fond du réduit, s'encastrent la glacière et le réchaud à essence, montés sur cardans.

J'inspecte la cale et jette un coup d'œil au moteur auxiliaire, mais je ne pourrai juger de son rendement qu'en l'essayant, une fois le bateau remis à l'eau.

Comme je redescends l'échelle, le représentant de l'armateur apparaît, flanqué du contremaître du chantier.

— Alors, qu'en pensez-vous ? me demande-t-il.

— Il est en excellent état, dis-je. Je vous en donne dix mille dollars.

— Le propriétaire en veut toujours onze.

— Qui est-ce ?

— Un nommé Carling. Concessionnaire de voitures.

— Si vous essayiez de le joindre par téléphone ? Dites-lui que je lui établis un chèque de dix mille dans les cinq minutes.

Il s'éloigne vers le bureau. J'offre une cigarette au contremaître. C'est un grand malabar de Finlandais, ou de Norvégien. Il désigne le sloop d'un mouvement de tête.

— Ça, c'est un bateau, dit-il.

— D'accord, mais la coque n'est pas belle à voir. Quand pourriez-vous mettre une équipe dessus ? Je vous fournirai les cotes de la peinture et les indications pour tous les travaux qu'il y aura à faire…

— Si vous attendiez de l'avoir acheté ? réplique-t-il en souriant.

— C'est déjà fait. Il ne s'agit plus que de fixer la somme.

L'agent de l'armateur revient.

— Il veut bien descendre jusqu'à dix mille cinq cents, dit-il. C'est son dernier prix.

Je sors mon carnet de chèques et fais signe au contremaître.

— Dites à vos hommes de commencer à gratter.

Nous retournons au bureau et le contremaître me présente au directeur.

Nous établissons la liste des travaux à effectuer et, durant toute la discussion, je sens cette carte d'anniversaire qui me brûle le fond de la poche. « Shannon ne pourra pas la recevoir avant demain », me dis-je, mais je ne cesse de penser au mauvais sang qu'elle peut se faire pendant ces heures d'attente.

De plus, je crève d'envie de la revoir.

En me tournant par hasard vers la porte du bureau, j'aperçois une cabine téléphonique près de la grille, de l'autre côté de l'entrée. Pourquoi ne pas lui envoyer un télégramme d'anniversaire ? Ce sera plus rapide et relativement sûr. Non, réflexion faite, ce n'est pas prudent. Ils verront le télégraphiste et resserreront leur surveillance.

— ... remplacer les accus lumière et moteur, je continue à expliquer au directeur. Poser une étagère de soixante sur vingt au-dessus de la couchette tribord pour le poste récepteur et adapter un câble à la batterie lumière pour la radio. Dès qu'il sera remis à l'eau, vérifier le moteur et effectuer les réparations éventuelles. À première vue, il n'y a rien à radouber sur le pont. D'ailleurs, dès que j'arriverai à Boston, je ferai faire une révision générale. L'essentiel, c'est de racler toute cette verdure sur le fond.

Croyez-vous qu'il sera repeint et remis à flot demain après-midi ?

Puis j'ajoute :

— Avec la peinture sèche.

Il opine du bonnet.

— D'accord. Vous l'examinerez vous-même avant qu'on le déhale.

Je me lève.

— Parfait. Je vais rester dans le secteur en permanence. Donc, en cas de besoin, appelez-moi.

À ce moment précis, le téléphone sonne. La secrétaire, près de la porte, décroche et dit :

— Un instant, je vous prie. (Puis elle interroge le directeur du regard.) On demande un M. Burton…

— C'est moi, dis-je. (Le cœur battant, je tends la main vers l'appareil.) Merci, Burton à l'appareil, dis-je.

— Pouvez-vous parler librement ? demande-t-elle à voix basse.

— Oh ! Allô ! George m'a dit qu'il allait vous télégraphier pour vous annoncer mon arrivée. Comment ça va ?

Elle pige tout de suite.

— Rien de changé ici. Pouvez-vous me rappeler d'un autre endroit ?

— Bien sûr, dis-je. George vous a expliqué pour le bateau ? Je viens de l'acheter. Ah ! au fait, je devais vous donner une adresse. Je l'ai notée, mais je l'ai laissée dans la camionnette.

Je vais la chercher et je vous rappelle. C'est entendu ?

Elle m'indique son numéro.

Je retourne à la camionnette, y traîne un moment à l'intérieur, puis reviens et me boucle dans la cabine près de la grille d'entrée. Les doigts frémissant d'excitation, je parviens tout juste à former le numéro. Elle répond immédiatement :

— Bill ! Je suis si heureuse de vous entendre…

Je me dis aussitôt que, cette fois, elle n'est pas obligée de jouer la comédie comme l'autre soir. Personne ne peut l'écouter. Mais mon exaltation ne dure pas. C'est normal que Shannon soit heureuse. Elle est dans un sale pétrin et vient de passer deux jours à se ronger les ongles d'angoisse.

— Je n'ai pas fait une bêtise, j'espère ? reprend-elle vivement. Mais je ne pouvais plus tenir. Je devenais folle d'inquiétude.

— Non, dis-je. Vous avez bien fait de ne pas attendre ma carte. Je me suis tracassé à votre sujet, moi aussi. Il ne s'est rien passé ?

— Non. Ils me surveillent toujours, mais je suis à peine sortie de la maison. Alors, dites-moi vite. Quand pourra-t-on partir ?

— Voilà, dis-je. Je suis revenu ce matin vers sept heures et j'ai remis le chèque pour le *Ballerina* il y a environ vingt minutes. On travaille actuellement sur la coque et le bateau sera paré demain dans l'après-midi. Voyons, nous sommes bien jeudi ?

— Oui. Alors ?

— Dès que le bateau sera remis à l'eau, il faudra vérifier le fonctionnement du moteur. Ensuite, je le sortirai en mer, pendant deux ou trois heures, pour l'essayer. C'est du temps précieux de perdu, mais on ne peut pas partir en croisière sans connaître le bateau. J'ai tout le matériel nécessaire dans la voiture sauf les vivres, mais je vais établir la liste ce matin et les faire livrer ici, samedi matin.

— Je ne pourrais pas vous accompagner pour la sortie du bateau ? demande-t-elle. Je meurs d'envie de le voir et nous pourrions mettre au point le programme.

Sa proposition me tente. Je pense aux quelques heures que nous pourrions passer ensemble, en tête à tête. Elle prendrait une vedette taxi et me retrouverait quelque part au milieu de la passe. Non. C'est infaisable.

— Les risques sont trop gros, dis-je. Si vous voulez qu'ils perdent définitivement votre trace après avoir quitté la ville, il ne faut surtout pas qu'ils vous voient approcher d'un bateau, quel qu'il soit.

— Vous avez raison, reconnaît-elle. Mais le temps va me paraître long. J'ai tellement peur quand je suis loin de vous. Nous embarquons bien samedi soir, n'est-ce pas ?

— Oui. Tout sera paré pour l'appareillage dans le courant de l'après-midi.

— Avez-vous trouvé une solution ?... Je veux dire pour amener Francis à bord ?

— Oui, dis-je, j'ai une idée, mais un autre problème se pose.

— Lequel, Bill ?

— L'embarquer lui, ça pourrait encore se faire. Ce qui sera dur, c'est de vous faire embarquer, vous.

— Pourquoi ?

— Ils ne savent pas où se trouve votre mari. Mais vous, ils ne vous lâchent pas d'une semelle.

Il fait une chaleur à crever dans la cabine, en dépit du petit ventilateur ronronnant. Je jette un coup d'œil par le panneau vitré et j'aperçois les ouvriers en train de racler les flancs du *Ballerina*.

Je reprends, très vite :

— Enfin, occupons-nous d'abord de Macaulay. Vous devez pouvoir m'aider. Ces gens-là surveillent les deux extrémités de la ruelle derrière votre villa et Barclay est posté dans le pavillon en face. Donc pas question de faire filer Macaulay par-derrière. Maintenant, votre maison, si je m'en souviens bien, est la seconde après le croisement et, sur l'autre trottoir, celle de Barclay est aussi la seconde ?

— Oui.

— Quel est le nom de la rue transversale ?

— Brandon Way.

— Bon. De chez Barclay, on ne doit donc voir qu'un tout petit bout de Brandon Way. Je veux dire, on ne doit pas voir très loin au-delà du croisement. Et l'intersection avec la ruelle qui dessert l'arrière de votre maison doit être complètement invisible ? Exact ?

— Attendez, dit-elle.

Puis elle ajoute après un instant de réflexion :

— Oui, vous avez sûrement raison.

— Bien. Et il n'y a de lampadaires qu'au croisement ? La ruelle n'est pas éclairée ?

— En effet.

— Parfait. C'est tout ce que je voulais savoir. Je crois qu'on s'en tirera, mais je veux étudier ça de plus près. Et il faut, en plus, dégoter une astuce pour vous faire sortir, vous.

— Et votre appareil de plongée ? Il est toujours dans le coffre de la voiture.

— Je sais. J'allais vous en parler. En fait, quand je viendrai vous chercher, on n'aura pas de temps à perdre. Donc l'appareil doit être monté à bord avant votre embarquement. Il vous faudra aussi emporter des vêtements. Alors voilà mon idée. Mettez le respirateur dans un carton bien ficelé. Empaquetez vos affaires dans un autre et mettez les deux cartons dans la malle arrière. Demain vers midi, téléphonez à Broussard and Sons, le magasin de fournitures navales, et demandez-leur s'ils peuvent transporter deux colis au *Ballerina* en même temps que les vivres. Ils ne vous le refuseront pas.

Mais n'apportez pas les cartons chez Broussard. Emmenez d'abord la voiture à l'Agence Cadillac. Expliquez au mécanicien là-bas que vous entendez en roulant un grincement suspect ou que le moteur ne ronronne pas au diapason voulu. Dès que vous serez dans l'atelier de révision et que les mécaniciens se seront mis à l'ouvrage, faites semblant de vous rappeler ces paquets. Ce numéro est indispensable pour la raison suivante : si un type vous a filé, il attendra forcément dehors et ne verra pas les colis sortir de la malle arrière. Sinon, les gars de la bande suivront la piste jusqu'au bout, c'est-à-dire jusqu'au destinataire. Vous avez tout pigé ?

— Oui. Mais quand pourrai-je vous rappeler ?

— Samedi après-midi vers cinq heures, à moins d'imprévu ou d'urgence.

Je passe le reste de la matinée à vérifier l'équipement du sloop et à établir la liste des vivres. Le garçon de courses de chez Broussard vient la prendre dans l'après-midi. Le chantier ferme à cinq heures. J'amène la camionnette à l'intérieur et la gare dans un coin. Le veilleur de nuit est un vieux type bavard et sympathique, qui me rappelle un peu Christiansen. Il me demande si je vais piloter le bateau jusqu'à Boston tout seul et ce qui se passera quand je descendrai roupiller. Toutes ces questions le passionnent. Et voilà que je bute sur un nouveau problème… À peine en ai-je résolu un que de nouveaux se présentent. En l'occurrence je me demande comment faire embarquer les Macaulay sans que ce vieux les voie.

J'étudie la disposition des lieux. La chaussée d'accès au chantier passe devant le bureau et les ateliers pour ensuite filer droit à la jetée et se terminer au bout de la digue. À droite, il y a quelques pistes qui mènent à un coin du chantier où des chalutiers sont en construction et à gauche on voit les rails de la voie de halage.

Le *Ballerina* se trouvera embossé à la jetée quand je l'aurai ramené de son galop d'essai. « L'opération est donc réalisable, me dis-je. Si je roule en marche arrière tous phares allumés jusqu'à la jetée, le gardien ne pourra pas voir les Macaulay qui sortiront par la porte du fond. »

Le contremaître m'a donné une lampe baladeuse et divers ustensiles de nettoyage. Je me mets au boulot et à minuit, la cabine est d'une propreté impeccable. J'éteins la lumière et m'allonge sur l'une des couchettes.

L'après-midi suivant, vers une heure, le *Ballerina* est remis à flot. Je surveille la cale pendant une heure. Pas trace de voie d'eau. Avec un des ouvriers du chantier, je pars au moteur, et à contre-marée, vers le milieu du chenal. Passé le bout de la jetée, nous hissons la voile et mettons cap sur le golfe. Il souffle une bonne brise qui décoiffe la crête des vagues sur la barre. Je la coupe à plusieurs reprises en tirant des bords et laisse le bateau piquer dans la houle pour éprouver son étanchéité. Quand nous revenons à l'amarrage, je pompe l'eau de cale et en quelques minutes le fond est sec.

— T'es une beauté, dis-je au bateau en le regardant avec amour.

Dans les journaux du matin et de l'après-midi, on ne parle toujours pas d'un repêchage de cadavre. À la fermeture du chantier, je vais garer la camionnette en marche arrière au bord de la jetée et transborde tout le matériel sur le sloop. Le boulot est terminé dans la cabine et j'ai demandé aux gens du chantier de me préparer la facture pour le lendemain matin.

J'étudie un moment les cartes marines et mets de côté celles dont nous n'aurons pas besoin dans le golfe. Je prends l'heure à l'horloge parlante de la radio et la note sur un carnet pour vérifier le réglage du chronomètre. Peu après, j'écoute le bulletin météo établi pour la zone ouest du golfe. On annonce des vents est à nord-est.

J'éteins la lampe et me couche. Il règne une chaleur étouffante dans la cabine. J'entends l'eau clapoter contre les flancs du bateau. Je me laisse bercer par le bruit, puis je songe au macchabée qui flotte quelque part entre deux eaux... Quel répit va-t-il encore nous laisser ? Je m'efforce ensuite d'imaginer la tête de Macaulay, mais je n'y parviens pas. Ce type-là n'existe pas. Puis, une fois de plus, l'image de Shannon s'impose à moi.

Je m'assieds et allume nerveusement une

cigarette. Je suis payé pour embarquer Macaulay vivant et non pour penser à sa femme… C'est bon, je vais le tirer d'affaire. Mon plan est au point et a des chances de réussir, en admettant que je n'y laisse pas ma peau. Mais le problème se pose toujours pour Shannon.

Je pourrais lui fixer rendez-vous quelque part sur la plage et l'enlever dans ma camionnette. Encore faudrait-il qu'elle ait une avance suffisante sur ses poursuivants pour que je puisse la faire monter sans qu'elle soit repérée. La camionnette n'est pas assez rapide et je veux bien parier que les membres de la bande disposent d'au moins deux bagnoles pour filer Shannon. Ils nous descendront comme des lapins. Nous sommes des amateurs et eux des professionnels. On ne peut se permettre aucune erreur de tactique. J'envisage, puis élimine une série de combinaisons, mais au bout d'un long moment, je commence à entrevoir la solution. Quand j'ai tout minuté dans ma tête, je consulte ma montre. Quatre heures passées. Il n'est plus question de roupiller. Je me lève et vais jusqu'à l'extrémité de la jetée. J'ôte ma montre et mon slip, pique une tête et nage vers le milieu de la passe. Une fois remonté à bord, je m'assieds, à poil, dans, la cabine du *Ballerina* et, tout en grillant une cigarette, je regarde le ciel rougeoyer à l'est. C'est le dernier jour. Si tout se passe sans accroc, demain à la même heure nous serons en mer.

VIII

Un camion vient livrer les vivres aux environs de neuf heures. Je cherche aussitôt du regard les deux cartons. Ils sont là. Je les monte à bord et vérifie la liste des marchandises avec le chauffeur. Quand tout est empilé sur le quai, je le règle par chèque et me mets à transférer la camelote à bord.

À onze heures, je suis encore au boulot quand j'aperçois, en relevant la tête, deux inconnus qui pénètrent dans le chantier. En complets de coutil, coiffés de panamas, ils fument des cigares. Je vois le contremaître s'approcher d'eux, probablement pour leur demander ce qu'ils veulent. Ils échangent quelques mots, après quoi les deux hommes commencent à circuler sur le chantier en s'arrêtant pour bavarder un moment avec chacun des ouvriers.

Ils s'amènent ensuite dans ma direction. Je suis en train de ramasser un rouleau de cordage. Je me redresse pour les observer. Sauf erreur, je n'ai jamais vu ces deux types.

— M. Burton n'est pas d'ici, explique le contremaître. Ça m'étonnerait qu'il le connaisse.

— Qu'est-ce que c'est ? je demande en m'efforçant de rester impassible.

Je commence à avoir peur. Le plus grand des deux, un blond, tient quelque chose à la main. Une photo. Il me la tend :

— Vous n'auriez pas déjà vu ce gars-là, par hasard ?

Ils épient ma réaction. Tous deux ont les traits parfaitement inexpressifs. Je place la photo en pleine lumière pour mieux l'étudier, puis je la rends au type.

— Je ne crois pas, dis-je. Qu'est-ce qu'il a fait ?

— Simple formalité policière, réplique l'autre. On essaie de trouver quelqu'un qui le connaîtrait.

— Je regrette, dis-je en secouant la tête. Je n'ai jamais vu ce gars-là.

— Merci quand même, fait-il.

Et ils s'en vont. Je grimpe sur le pont avec mon cordage sous le bras, mais sans aller le mettre en place, je descends tout droit dans la cabine et me laisse tomber sur une couchette, les jambes en flanelle. J'essuie mon visage trempé de sueur. L'efficacité de leur méthode de travail me terrifie. Il ne peut pas y avoir plus de quelques heures qu'ils l'ont repêché et déjà ils possèdent une photo. Pas *une*, mais sans doute des douzaines, qu'ils coltinent maintenant tout le long de la côte. Et c'est un cliché de lui pris de son vivant, avant que son séjour dans l'eau ne l'ait rendu bouffi et méconnaissable. Réflexion faite, il fallait en avoir une couche pour ne pas prévoir ce résultat.

Le boxeur possédait un casier judiciaire et qui dit casier dit photo. Peut-être l'ont-ils identifié d'après ses empreintes. Mais peu importe, à présent. Le désastre, c'est que Christiansen va le reconnaître au premier coup d'œil.

Puis je réagis. De toute façon, ils vont rechercher Manning, qui est parti pour New York. Et dans douze heures, nous serons au large.

Je n'en reste pas moins contracté pendant que j'achève le chargement de la marchandise. Après quoi, je me rends au bureau pour y remplir le chèque réglant les frais d'aménagement.

Ensuite, je fais le plein des réservoirs d'essence et d'eau douce.

L'écho sonore des marteaux riveteurs se tait à midi, lorsque les ouvriers quittent le chantier et rentrent chez eux. On est samedi après-midi.

Je garnis de pétrole les feux de position, sors avec la camionnette et vais acheter de la glace. Le *Ballerina* est fin prêt. Il ne reste plus qu'à attendre. Le moral baisse par degrés. À cinq heures précises, le téléphone sonne dans la cabine près du portail. Je m'y précipite et m'enferme.

— Tout est prêt, dis-je. Écoutez, il faut que je sorte Macaulay d'abord. Si tout se passe comme prévu, ils ne se douteront de rien. Mais quand vous disparaîtrez à votre tour, ce sera la grande corrida.

— Je comprends, dit-elle.

Je continue à parler, en suant comme un bœuf dans la cabine. Par la vitre, j'aperçois le gardien à l'autre bout du chantier.

— Dites-lui de mettre un complet sombre et des souliers à semelles crêpe. Qu'il se trouve devant la porte de derrière à partir de neuf heures dix. Ça lui donnera le temps de se faire à l'obscurité et de s'assurer qu'il n'y a personne dans la ruelle même. Le contraire m'étonnerait. Ils resteront dans leurs bagnoles aux deux extrémités, de crainte que quelqu'un n'alerte la police. J'arriverai par Brandon Way et m'arrêterai à l'entrée de la ruelle à neuf heures vingt précises.

— Mais voyons, Bill... c'est impossible. L'homme dans la voiture comprendra tout de suite ; il vous tirera dessus.

— Il sera occupé ailleurs. J'ai prévu de la distraction pour lui et je crois que ça marchera. La camionnette sera donc placée entre lui et le débouché de la ruelle. Dites à Macaulay de foncer à la seconde où la camionnette s'arrêtera. En cas de pépin, *qu'il continue à s'amener droit dessus*. S'il hésite ou revient en arrière, il est flambé, mais à mon avis tout ira bien. Dites-lui aussi qu'en atteignant la voiture, il reste dehors et pose simplement la main sur le bord de la glace. Qu'il n'essaie pas de monter ou même d'ouvrir la portière avant que la camionnette démarre. S'il s'appuie simplement sur le marchepied à l'arrêt, le type risque de l'entendre. C'est bien vu ?

— Oui, dit-elle. Et après ?

— Ce sera votre tour. Avez-vous déjà été dans un cinéma *drive-in*[1] ?

— Oui. Plusieurs fois.

— Parfait. Dès que Macaulay sera sorti, à neuf heures dix, bouclez toutes les portes. À neuf heures vingt, tenez-vous près du téléphone. Si vous entendez du boucan ou des coups de feu, appelez la police et planquez-vous. Une voiture de la patrouille volante s'amènera avant qu'ils aient pu entrer et vous tabasser pour avoir caché votre mari dans la maison. S'il ne se passe rien d'anormal, vous saurez qu'il a pu filer. Alors sortez à votre tour à neuf heures et demie, allez simplement à votre voiture et démarrez. Vous serez suivie, bien entendu. Roulez jusqu'au Starlite Drive-In près de la plage, sur Centennial Avenue. Centennial est dans l'axe nord-sud. Arrivez par le nord et tâchez de vous y trouver à dix heures moins dix. En regardant bien, vous remarquerez une camionnette noire garée quelque part avant l'entrée. Ce sera moi. Continuez à rouler et pénétrez dans le *drive-in*.

1. *Drive-in :* cinéma en plein air où les spectateurs assistent à la projection du film sans quitter leur voiture.

« Attention, maintenant, c'est le plus important : nous sommes samedi soir. Donc il y aura foule. Mais vous savez comment les voitures sont placées : en éventail à partir de l'écran. Vous trouverez à coup sûr une place aux extrémités, puisque de là, on voit moins bien. Engagez-vous dans l'une des allées, traversez et dirigez-vous vers la sortie, lentement, comme à la recherche d'une bonne place. Il n'y en a pas. Bon. Stoppez donc à un bout de file. Restez là environ vingt minutes, faites marche arrière et demi-tour.

« Vous voyez trop mal et vous pensez trouver mieux plus en arrière. Reculez d'une rangée et retournez à l'entrée latérale. Attendez cinq ou dix minutes, puis descendez de voiture et allez aux lavabos dames dans le bâtiment où se trouve l'appareil de projection. Attendez cinq autres minutes et regagnez votre voiture. Dès que vous êtes au volant, roulez vers la sortie. Avant d'y arriver, stoppez dans le parking latéral et descendez du côté droit. Ne criez pas si une main vous empoigne le bras. Ce sera la mienne.

— Ils ne seront plus en train de me filer ?

— Non. Le temps que vous reveniez des lababos, j'aurai repéré le type.

— Vous croyez qu'il quittera lui aussi sa voiture ?

— Oui… Que je vous explique… Vous serez sans doute suivie par deux voitures. En vous voyant entrer dans le cinéma, un des hommes vous pistera pour s'assurer que vous ne cherchez pas à les semer en sautant dans une autre bagnole. Et le reste de la bande attendra près de la sortie pour vous cueillir au passage, surtout qu'à la fin du film il y a toujours un embouteillage monstre et ils risqueraient de vous perdre si les deux voitures vous suivaient à l'intérieur… Encore un détail : en cas d'entracte, ne bougez pas. Vous devez opérer vos manœuvres et votre visite aux toilettes pendant la projection. La circulation est presque nulle et comme tous les phares sont éteints, il fait plus sombre.

— Oui, mais comment empêcherez-vous ce type de me suivre la seconde fois ? Ils sont dangereux, Bill. Ils n'hésiteraient pas à tirer.

— Ne vous en faites pas. Il ne me verra même pas. Quand il sortira de sa voiture pour vous emboîter le pas, je sauterai dedans et j'arracherai les fils sous le tableau de bord. Le temps qu'il sc rende compte que son moteur ne veut rien savoir pour démarrer, vous serez déjà à l'autre bout de la rangée dans ma camionnette. À la fin de la séance, nous sortirons tranquillement, comme tout le monde.

— Entendu. Mais vous serez prudent, n'est-ce pas ?

— Si vous me le demandez…

— Je vous le demande, dit-elle avec douceur.

— Pourquoi ?

Ça m'a échappé malgré moi.

— Mettons que s'il vous arrive quelque chose, notre évasion est fichue.

— Mettons..., dis-je.

— Voilà.

Elle ajoute après un silence :

— C'est le moins qu'on puisse dire.

Et elle raccroche.

Je continue à me ronger le reste de l'après-midi. Enfin, la nuit se décide à tomber. Passé huit heures, je me sens de plus en plus nerveux et n'arrête pas de regarder ma montre. À neuf heures moins dix, je prends la grosse torche électrique que j'ai commandée avec les vivres, je monte dans la camionnette et je pars en direction de l'ouest. En traversant Brandon Way, je jette un coup d'œil aux numéros et constate que je me trouve à dix blocks au nord de Fontaine Drive. Je tourne à gauche au premier coin de rue, je parcours neuf blocks et prends de nouveau à gauche. Juste avant le croisement, je me range le long du trottoir, sous de grands arbres. Le type de faction dans sa bagnole se trouve à un block et demi de distance. À la lumière de mon briquet, je vois qu'il est neuf heures dix à ma montre. J'attends, la gorge sèche. Tout repose sur une torche électrique et une camionnette de livraison.

Mon idée est de laisser au gars un moment pour se ressaisir et de ne pas lui tomber dessus trop brusquement selon le principe qu'il ne faut jamais surprendre un serpent quand on peut l'éviter. Il aura le temps de remarquer mon manège et quand je passerai sous le lampadaire à l'intersection de Fontaine Drive, il verra les flancs noirs de ma camionnette. Mes codes allumés l'empêcheront de repérer la plaque minéralogique de la Louisiane. Je consulte encore une fois ma montre. Neuf heures dix-huit. J'embraye et m'écarte du trottoir. J'actionne ma torche électrique et, la tenant de la main gauche, j'en promène le faisceau dans les coins sombres sous les arbres et le long des haies tout en roulant au pas.

Après avoir franchi Fontaine Drive, je l'aperçois. Il est toujours à la même place, face à moi. Je fouille une autre haie, du rayon de ma lampe.

Je dois calculer les angles en vitesse maintenant. J'avance en plein milieu de la chaussée, guettant l'entrée de la ruelle de son côté. Sa bagnole est parquée juste au-delà. Je m'arrête, ma portière juste au niveau de la sienne et, en même temps, j'éclaire de ma torche le flanc de sa voiture en évitant de la lui braquer en pleine figure.

— Vous n'auriez pas vu un môme en vadrouille ? je demande d'un ton aussi détaché que possible. Un garçon de quatre ans. Paraît qu'il a un chien avec lui…

Le type tombe dans le panneau.

Je réprime un soupir de soulagement tandis qu'une voix hargneuse grommelle juste au-dessus du rayon lumineux :

— Naan ! J'ai pas vu de môme.

— Ça va, merci, dis-je en tâtant le rebord de la portière opposée.

« Grouille-toi, bon Dieu, grouille-toi ! » Du bout des doigts, j'effleure une main. Je retrouve ma respiration. Je laisse la camionnette rouler sur un mètre environ et reprends :

— Si par hasard vous apercevez le gamin, appelez le poste de police, voulez-vous ? Ça nous rendrait service.

Je dévie le faisceau de la torche. Il en a pour vingt ou trente secondes à ne plus voir clair et Macaulay se trouve de l'autre côté de la camionnette, marchant à sa hauteur. Mais il faut qu'il grimpe avant que nous arrivions à la rue suivante qui est éclairée par le lampadaire. Je débraye et je donne deux ou trois coups d'accélérateur tout en projetant le cône lumineux sur le trottoir. La portière s'ouvre sans bruit, il se glisse à côté de moi et referme en douceur.

Nous n'échangeons pas un mot. Je grille d'envie d'écraser le champignon et de foncer. « Pas encore, me dis-je. Tout doux. » Je ne l'ai toujours pas vu. Il n'est qu'une silhouette indistincte à mon côté. Nous approchons du croisement. La flamme du briquet jaillit.

Je détourne brusquement la tête en chuchotant, furieux :

— Éteignez ça…

— Ne vous fatiguez pas, déclare une voix

posée. Prenez tout de suite à gauche et faites le tour du block bien gentiment.

Je distingue un visage maigre, le tweed du veston et l'automatique qu'il tient négligemment sur ses genoux. C'est Barclay.

J'amorce le virage. Je me sens lessivé et je n'ai qu'à m'exécuter. Nous longeons lentement la rue au-delà de Fontaine Drive et tournons de nouveau.

— Un peu mélo, dit-il sur un ton d'excuse, mais c'était le seul moyen de vous neutraliser sans provoquer une bagarre qui aurait risqué d'ameuter tout le quartier. Vous serez bien aimable de vous arrêter à l'entrée de la ruelle, exactement où vous étiez.

— Et Mme Macaulay ? je demande, machinalement.

— Elle est dans la maison.

— Elle n'est pas blessée ?

— Non. Un peu secouée, peut-être.

Je tourne à l'angle de la rue et nous nous retrouvons dans Fontaine Drive, sous les grands arbres paisibles.

— Alors, vous avez fini par le descendre ?

— Mon Dieu oui, répond-il, un peu comme s'il se parlait à lui-même. Très regrettable, d'ailleurs.

Je ne saisis pas, mais je ne vais pas lui demander d'explications. Je me sens tellement à la traîne qu'en huit jours je ne rattraperais pas mon retard.

Nous stoppons à hauteur de la ruelle. J'aperçois le bout incandescent d'une cigarette dans la voiture arrêtée de l'autre côté de la chaussée. Une vague d'amertume m'envahit. Je les ai bien possédés, pas d'erreur. Je les ai possédés jusqu'au trognon. Barclay ouvre la portière de son côté.

— Entrons un moment dans la maison, voulez-vous ? Vous êtes prêt à partir sans délai ?

— Partir ?

— Embarquer. Le *Ballerina* peut loger quatre passagers, non ? J'espère qu'on ne nous a pas trompés sur son aménagement.

Il s'écarte d'un pas dans l'obscurité, puis suit sur mes talons. Je tourne et retourne dans ma cervelle les phases de cet échec sans rien y comprendre, comme une machine à laver qui brasse du linge sale. Embarquer ? Quatre personnes ? Macaulay est déjà mort. C'est bien ce qu'ils voulaient, non ?

À moins… à moins qu'elle ne m'ait menti sur toute la ligne. Je m'efforce de chasser cette idée, mais elle revient, lancinante. Comment pouvaient-ils savoir que j'allais venir avec ma camionnette si elle ne les a pas prévenus ?

Je pourrais peut-être semer Barclay dans la ruelle, mais je n'essaie même pas. Toute l'histoire m'est dégringolée sur le crâne et je me sens à plat. D'ailleurs, je veux voir Shannon. M'a-t-elle menti ou non ? Je tiens à être fixé. Nous pénétrons dans le fond du jardin, au milieu de buissons touffus où flotte le parfum douceâtre du chèvrefeuille. La porte de la cuisine est ouverte. Pas de lumière à l'intérieur, ni dans le couloir attenant, mais au bout, au-delà d'une arcade espagnole, j'entrevois le living-room et j'entends de la musique.

C'est une vaste pièce, faiblement éclairée par une lampe de bridge.

J'entrevois confusément la teinte crème des murs, le mobilier moderne et des rideaux semés de taches de couleurs vives. La musique s'élève d'un bahut pick-up placé dans le fond à droite.

Deux hommes occupent la pièce, sans compter celui qui est étendu sur le tapis près de la table à café, mais c'est Shannon seule que je cherche des yeux et j'enregistre à peine leur présence. Elle est assise, très droite, sur l'extrême bord d'un fauteuil près du pick-up. Elle porte une robe vert d'eau et des sandales et ses cheveux brillent doucement sous la lumière. Personne ne fait un geste. On pourrait à première vue la prendre pour une fille bien élevée subissant la conversation d'un vieux raseur dans une soirée bourgeoise, mais dans ses yeux se reflète encore le contrecoup du choc ressenti et l'on devine le hurlement réprimé qui tourbillonne en elle comme la moto d'un acrobate de foire dans le cylindre de la mort.

Je m'avance et me plante devant elle et je la vois entrouvrir la bouche et presser ses jointures crispées contre ses lèvres. Barclay fait un pas de côté et lui décoche une gifle brutale. Son cri s'étrangle au fond de sa gorge et elle s'écroule au fond du fauteuil en gémissant.

Je frappe Barclay. Les deux silhouettes sans visage se ruent sur moi et l'un d'eux m'assène un coup de crosse.

Je m'écroule à quatre pattes, le crâne traversé d'une douleur fulgurante. Je sombre dans la nuit, puis refais surface. Le regard brouillé, je ne distingue que des pieds et le tapis. Devant moi, les chevilles gainées de nylon et les sandales dorées de Shannon. À côté, une paire de lourds brodequins et les revers d'un pantalon de gabardine. Faiblement, je tente de les agripper. Un des brodequins s'enfonce dans mes côtes et je roule sur le dos. Le type se penche sur moi. C'est un grand blond filasse à la face plate et ricanante avec des yeux gris trop écartés.

Son acolyte s'est reculé et se trouve maintenant de l'autre côté de la table. Le feu qu'il tient à la main semble un prolongement naturel de son bras. Long et efflanqué, il porte un complet de toile et un panama. Ses traits dégagent à peu près autant de chaleur humaine qu'un fer de hache. Il me fait signe du bout de son pétard.

— Pose tes fesses dans ce fauteuil, dit-il.

Je les dévisage tous les deux et me remets sur pied avec effort. Mes genoux cèdent et je m'affale dans le fauteuil.

Barclay se relève en se tâtant la mâchoire et s'époussette d'un geste négligent.

Je vois le téléphone sur un guéridon, à ma gauche. Barclay surprend mon coup d'œil et secoue la tête.

— Je ne le vous conseille pas, observe-t-il. D'ailleurs, vous êtes recherché.

— Vous avez supprimé Macaulay, dis-je. Qu'est-ce que vous voulez de plus ?

— Mme Macaulay, c'est assez clair.

— Pourquoi ?

— Plus tard, Manning, réplique-t-il avec un geste agacé.

Il va se planter à l'autre bout de la pièce et jette un regard circulaire, comme un metteur en scène inspectant le plateau avant le tournage.

Je contemple l'homme gisant près de la table basse. Il est en pantalon gris foncé et chemise de sport bleu sombre, avec des souliers à semelle crêpe aux pieds. Il était prêt à filer quand les autres l'ont liquidé.

Il est étendu à plat ventre, la tête tournée. Un peu de sang a coulé de sa poitrine et forme une tache noire sur le tapis. D'après ce que j'aperçois de son visage, il a un ovale mince, des traits fins et ses cheveux noirs sont en retard d'une coupe. Pendant des journées entières, je me suis demandé à quoi ressemblerait Macaulay quand je le verrais et maintenant, je suis renseigné. C'est un cadavre qui avait besoin de passer chez le coiffeur.

Je me détourne vers Shannon. Elle est penchée en avant, un mouchoir contre la bouche.

Elle les a peut-être prévenus que j'arrivais avec la camionnette ? Et après ? Ils avaient les moyens de la faire parler. Mais qu'est-ce qu'ils lui veulent ? Et à moi, avec mon bateau ? Je ne pige rien à toute cette histoire et je reste là dans mon fauteuil, pris de nausées.

— Vous avez effacé vos empreintes partout ? demande Barclay.

Le grand échalas opine du bonnet.

— Parfait. Qui a les clés de la Cadillac ?

— Voilà.

Le gros blond les sort de sa poche.

— Donne-les à Carl, lui enjoint Barclay d'un ton sec. Tu viendras avec nous dans le camion. (Il se tourne vers l'autre type.) Conduis la Cadillac dans le centre et colle-la dans un parking. Rendez-vous au coin de Second Street et Lindsay. Nous roulerons vers l'est dans une camionnette noire, avec Manning au volant. Tu t'installeras à côté de lui. À l'entrée du chantier, tu expliqueras au gardien que tu dois reconduire la voiture au garage. Si Manning se rebiffe, ne le bute pas ; liquide le gardien. Dès qu'on sera tous à bord, emmène la camionnette dans un garage au nom de Harold E. Burton et règle six mois d'avance. Ensuite, prends la Cadillac, conduis-la à l'aérodrome et abandonne-la. File à New York en avion et préviens-les qu'on devrait débarquer à Tampa d'ici trois semaines. Explique-leur qu'on a liquidé Macaulay, mais qu'on tient sa femme et que tout se déroule sans accroc. Compris ?

— Vu, dit Carl.

Il prend les clés et sort.

Je commence à saisir la manœuvre. Ils épinglent proprement le crime sur le dos de Shannon. Les flics sont déjà sur mes traces et maintenant ils vont se lancer sur les siennes pour le meurtre de Macaulay. J'ignore ce que Barclay compte tirer d'elle, mais il la tient à la gorge.

Il ne nous reste pas une seule issue.

IX

— Tiens, George.

Barclay tire son mouchoir de sa poche poitrine, le roule en boule, et le lance au grand albinos.

— Colle-lui ça dans la bouche qu'elle ne braille pas une fois dehors.

George relève le menton de Shannon et lui enfonce le mouchoir entre les dents. Puis il sort le sien et le noue en travers de sa nuque. Elle pleure silencieusement sans opposer de résistance.

— Alors, on y va ? dit Barclay.

Je le dévisage, hors de moi. Une douleur lancinante me taraude le crâne et je me sens mou comme une chique, mais ça n'a vraiment plus d'importance.

— Et si je ne marche pas ? dis-je.

— Ne soyez pas ridicule, réplique-t-il sèchement. À moins que vous ne vouliez qu'on la malmène un peu pour vous décider.

Je n'ai plus le choix et je me lève. George me

décoche un sourire mauvais et pousse Shannon devant lui. Comme ils vont franchir le porche, elle s'écarte brusquement et tente de s'agenouiller près de Macaulay. George lance un juron et la rejette en arrière. Barclay me surveille, la main dans la poche de son veston. Il secoue la tête, l'air réprobateur.

— Rapide, votre gars, dis-je.

— Il a du métier.

— Ne le surestimez pas trop. Si par hasard il recevait une peignée, il pourrait perdre ses moyens.

George me jette un coup d'œil par-dessus son épaule.

— Ne jouez pas les petits héros, Manning, déclare Barclay. Suivez le mouvement, voulez-vous ?

Je suis le mouvement. Barclay m'emboîte le pas. Nous traversons la cuisine. J'entends derrière moi le pick-up jouer *Saint James Infirmary*, musique de circonstance. Puis nous nous retrouvons sur le perron dans l'obscurité et Barclay ferme la porte sans bruit. Je n'entrevois que les pâles reflets de la chevelure de Shannon. Barclay a sorti son pétard de sa poche et me l'enfonce dans les reins tandis que nous traversons lentement le jardin et passons le portail. Au bout de la ruelle, George s'immobilise et je me heurte doucement contre Shannon. George inspecte les alentours. Je pose une main sur le bras de Shannon et la glisse jusqu'à son poignet. Puis mes doigts étreignent les siens. Mais elle ne réagit pas. Elle est vidée.

— La voie est libre, chuchote George.

Nous avançons le long du trottoir. Personne en vue. Ce n'est qu'une soirée tranquille comme les autres dans un quartier résidentiel où les scènes de violence ne se déroulent que sur les écrans de télévision. George ouvre la portière de la camionnette et rabat le siège en avant. Il aide Shannon Macaulay à monter et grimpe à sa suite.

— À vous, me dit Barclay à voix basse.

Je me glisse au volant et il s'installe à côté de moi.

— Vous savez où nous devons cueillir Carl. Et n'essayez pas de faire des blagues.

En approchant du centre, la circulation se fait peu à peu plus intense. Je compte trois voitures de patrouille dont l'une stoppe près de nous à un feu rouge, presque à portée de main. Chaque tour de roue diminue pour Shannon ses chances d'être secourue.

Ils n'ont pas laissé le moindre indice de leur présence dans la maison et quand la police découvrira la Cadillac abandonnée à l'aérodrome, ils seront persuadés qu'elle a mis les voiles après avoir fait le coup.

Juste avant d'atteindre l'angle de Lindsay et de Second Street, Barclay enjambe le siège et s'accroupit derrière sur le plancher avec les autres. Je stoppe. Carl monte rapidement. Nous roulons maintenant vers la sortie de la ville. Personne ne dit un mot. Je pense à leurs trois flingues et j'ai l'impression de conduire un camion chargé de nitroglycérine sur une route défoncée. La chaussée commence à se dégager. Nous roulons le long de rues mal éclairées. Après un dernier virage, je m'arrête devant l'entrée du chantier naval et donne un coup de klaxon. Le vieux gardien vient ouvrir les portes. J'avance à l'intérieur et le gardien s'approche de la portière.

— J'appareille dans quelques minutes, dis-je. Cet homme repartira avec la camionnette pour la mettre au garage.

Il jette un coup d'œil à Carl. Un silence total règne dans le fond de la voiture. Je m'entends respirer. Carl opine du bonnet.

— Entendu, monsieur Burton, dit le gardien. Vous n'avez pas besoin d'un coup de main là-bas, sur la jetée ?

Je secoue la tête.

— Non, merci.

Nous redémarrons.

À l'extrémité du chantier, je décris un cercle et dirige la voiture en marche arrière vers l'entrée de la jetée. Le gardien s'est remis à lire son journal dans l'îlot lumineux près du portail. Derrière nous, tout est noir.

— Allez ouvrir la porte arrière, me dit Barclay à mi-voix.

Je descends. Carl se glisse au volant. Je

contourne la voiture et tire le panneau. Ils descendent.

— Attends deux minutes, chuchote Barclay à Carl. Ensuite, file.

J'avance le premier le long de la jetée, suivi de près par Barclay qui précède George et Shannon Macaulay. La nuit est très sombre et je dois détourner les yeux du halo lumineux qui s'étale sur la ville à ma gauche pour pouvoir distinguer la courbure du quai et les silhouettes noires des embarcations à l'amarre. Au loin, dans le chenal, la bouée lumineuse clignote et la cloche tinte sans répit dans l'obscurité. Puis le mât du *Ballerina* se profile au-dessus de nous, flèche noire pointée vers les étoiles.

Je monte à bord en tâtonnant et descends une marche vers la cabine.

— Tenez-vous à l'écart, murmure Barclay, allez vous asseoir au bout du cockpit.

Il ne veut pas risquer une bagarre éventuelle dans un espace exigu et obscur.

Je recule d'un pas. Je pourrais sauter pardessus bord et peut-être réussir à m'échapper, mais il sait que je n'essaierai pas. Je serais sûr de me faire cueillir par les flics et je ne peux pas laisser tomber Shannon.

Ils l'aident à descendre dans le cockpit.

— Emmène-la en bas et reste avec elle, dit Barclay, d'une voix posée. Je surveille Manning.

J'entends un léger raclement de souliers sur

les marches métalliques et deux ombres disparaissent.

— Mettez votre moteur auxiliaire en route, Manning, et larguez vos amarres, commande Barclay. On va prendre le large.

— Quelle direction ?

— Je vous donnerai le cap quand nous serons sortis du chenal. Allez, grouillez-vous.

— Il faut d'abord que j'allume les feux de position. Ça ne vous dérange pas ?

— Nullement.

— Je voulais seulement être bien certain que j'avais votre permission.

Il pousse un soupir.

— Croyez-moi, il ne s'agit pas d'une plaisanterie, Manning. Si vous n'en êtes pas encore convaincu, je vous rappelle que votre situation est fort précaire et celle de Mme Macaulay encore plus compromise. Son sort dépendra de votre bonne volonté à tous les deux. Maintenant, si vous mettiez le sloop en marche avant que le gardien nous entende et vienne fourrer son nez par ici ?

Provoquer le meurtre de ce vieux type n'avancerait à rien.

— Entendu, dis-je.

Dès que les feux de position sont allumés, je lance le moteur et détache les amarres. Nous nous écartons lentement du quai. Je me dirige droit au milieu du chenal et donne un brutal coup de barre au niveau de la bouée. La double rangée de balises s'étire en avant vers le large entre les longues lignes noires des digues. Aucun bateau ne croise dans les parages.

Barclay s'assied en face de moi et allume une cigarette.

— Un travail sans bavures, n'est-ce pas ? me dit-il, s'efforçant de dominer le bruit du moteur.

— Oui. Dans la mesure où on peut appliquer ce qualificatif à un assassinat.

— Macaulay ? C'était inévitable, comme nous le craignions.

— Bien entendu, dis-je sans chaleur. C'était un accident.

— Non. Pas un accident. Disons un risque calculé.

Il se tait un instant, sa cigarette brasille, puis il reprend :

— À propos, si je vous précisais votre rôle dans l'expédition ? Vous représentez aussi un risque calculé et ceci pour la raison suivante : ni moi ni Barfield, je vous l'avoue, ne connaissons la navigation. J'ai assez d'expérience de la voile pour faire traverser le golfe à ce sloop, mais je serais incapable de découvrir le point exact que nous recherchons.

« Nous avons donc besoin de vous et comme nous avons des armes et sommes experts dans leur maniement, nous ne vous abattrons qu'en cas d'absolue nécessité. Un point pour vous.

« Mais avant de mijoter une mutinerie, essayez de vous imaginer avec un genou fracassé par une balle et une bonne petite gangrène là-dessus, avec un coffre à pharmacie qui ne contient probablement que de l'aspirine et du mercurochrome. Et pour épuiser le sujet, songez comme nous pouvons rendre la vie difficile à Mme Macaulay, si vous nous refusez vos services. L'un de nous vous surveillera en permanence. Faites ce qu'on vous dit et tout ira bien. Essayez de regimber, et vous le sentirez passer tous les deux. Nous ne sommes pas des débutants dans ce genre d'affaires. C'est bien clair, Manning ?

— Oui, dis-je. À un détail près. Vous n'arrêtez pas de me répéter qu'il ne s'agit pas d'une plaisanterie. Vous devez donc avoir vos raisons. Pourriez-vous me dire où vous croyez aller et ce que vous cherchez ?

— Certainement. Nous cherchons un avion. »

Je contemple le bout de sa cigarette.

— Celui avec lequel Macaulay s'est écrasé ? Vous pensez le repérer après avoir liquidé la seule personne capable de préciser l'emplacement de l'accident ?

— Vous en oubliez une autre, réplique-t-il posément. Pourquoi supposez-vous que nous avons embarqué sa femme ?

— Allons, dis-je, ne soyez pas stupide. Il était seul dans l'appareil. Comment pourrait-elle vous renseigner ?

— Il l'a mise au courant.

— Jamais vous ne le saurez, jamais, vous m'entendez ?

— Pas d'accord. Il était certain de le retrouver, sinon il n'aurait pas engagé un plongeur et acheté un bateau. Par conséquent, l'appareil a dû couler à proximité d'un repère bien défini, un récif ou un promontoire quelconque. Et du moment qu'il le savait, il pouvait le lui expliquer. Il ne reste à Mme Macaulay qu'à nous repasser le tuyau. En fait, elle m'a déjà signalé en gros la position. À l'ouest de Scorpion Reef. Vous connaissez ce récif, je suppose ?

— Il figure sur la carte, dis-je sèchement.

Je fais osciller la barre pour me maintenir dans l'alignement des balises et je reprends :

— Entre nous, Barclay, vous en tenez une sacrée couche. Même si vous trouvez l'avion, l'argent ne sera pas récupérable. Je ne lui ai pas dit, à elle, parce qu'ils voulaient avant tout, l'un et l'autre, échapper à vos tueurs, mais ces billets doivent être en charpie maintenant. Ils sont restés immergés pendant des semaines…

— L'argent ? fait-il avec une nuance d'étonnement dans la voix.

— Ne finassez pas, bon sang ! Vous ne recherchez pas ce zinc pour récupérer le casse-croûte qu'il y avait à bord.

— Elle vous a raconté qu'il y avait de l'argent dans l'avion, c'est bien ça ?

— Naturellement ! Qu'y aurait-il d'autre ? Ils cherchaient à passer dans je ne sais trop quel coin d'Amérique centrale pour ne plus être traqués par vous et vos gorilles…

— Je me demandais quels bobards elle vous avait servis.

— Pardon ?

— Vous êtes plutôt naïf, Manning. L'argent que Macaulay pouvait avoir emporté avec lui ne nous intéresse pas. Nous recherchons quelque chose qu'il nous a subtilisé. Macaulay était un voleur.

— Je n'en crois pas un mot.

— Que vous le croyiez ou non, c'est sans importance. Mais où prenez-vous cette certitude, alors que vous ne l'aviez jamais vu et ne saviez rien sur lui ?

— Je la connais. Elle ne m'aurait pas menti à ce sujet.

Il se mit à glousser :

— J'aurais dû m'en douter… Et du coup, me voilà dans une situation bizarre.

— C'est-à-dire ?

— Ça paraît assez clair, non ? L'un de nous deux est un menteur, nécessairement. Je crois pouvoir vous prouver que c'est elle. Mais est-ce vraiment la peine, stratégiquement parlant ? Votre collaboration dépend plus ou moins de votre dévouement à la cause de l'appétissante Mme Macaulay et nous vous rendrions sans doute un mauvais service en vous démontrant qu'elle vous a roulé. Vous risqueriez de vous désintéresser de son sort.

— Pour le baratinage, vous vous y entendez.

— Mais d'un autre côté, reprend-il sans avoir paru m'entendre, si le charme de cette magicienne a cessé d'opérer, vous nous aideriez peut-être plus volontiers à récupérer ce que son mari nous a volé. Passionnant dilemme psychologique, non ?

— En effet, dis-je avec mépris. Passionnant. Nous passons la barre dans trois minutes. Si ça ne vous fait rien de prendre le gouvernail, que je puisse hisser les voiles ?

— Mais certainement, mon vieux.

Le *Ballerina* commence à se balancer sur la houle qui se gonfle, à l'endroit de la passe. Je scrute l'obscurité vers l'avant et distingue les feux intermittents de la bouée. Il souffle une légère brise nord-est. Je me demande dans quel but Barclay m'a raconté cette histoire. Il tient les commandes. Alors pourquoi me servir des salades ?

— J'ai trouvé leur sac, celui qu'elle a fait porter à bord.

Je tourne la tête. C'est la voix de George Barfield qui monte de l'escalier.

— Pas de cartes dedans ? s'enquiert Barclay.

— Non. (Barfield émerge de la cabine et vient s'asseoir près de Barclay. À la lueur des étoiles, je vois qu'il porte un objet volumineux à la main.) La sacoche y était. Dans les quatre-vingts sacs à vue de nez, mais pas de cartes.

— Quoi ?

Ça m'a échappé malgré moi.

— Qu'est-ce qui lui arrive, à Don Quichotte ? demande Barfield. On lui a pincé les fesses ?

— Je crains que tu n'aies entamé les illusions de Manning, murmure Barclay. Mme Macaulay lui a dit que cet argent était dans l'avion.

— Ça, alors, fait Barfield, on aura tout vu. Un gars de trente ans passés qui croit encore ce que lui racontent les gonzesses.

La main sur le gouvernail, pétrifié, je garde les yeux fixés devant moi. J'en suis malade.

— Boucle-la, crapule, dis-je. Pose-moi ce sac et envoie un coup de torche électrique dessus. Il y en a une sur la couchette tribord.

— Je l'ai ici, dit Barfield en poussant le sac à mes pieds.

Il actionne la lampe et ouvre le cadenas qui ferme le sac. Je considère les liasses de coupures de vingt, cinquante et cent dollars.

J'ai vendu mes bijoux et emprunté ce que je pouvais sur la voiture. C'est notre toute dernière chance. Je ne sais pas pourquoi ils veulent le tuer. C'est arrivé au cours d'une soirée...

— Ça va, dis-je. Éteins ça.

— Tu as oublié mon grade ? questionne Barfield.

— Comment ?

— Tu dois dire : Éteins ça, crapule.

— Oh, ta gueule !

— Combien de temps ça te prendrait pour apprendre à naviguer, Joey ?

— Trop longtemps, réplique Barclay. Fous-lui la paix.

— Les maths, c'était mon fort, reprend Barfield. Tu veux pas que je m'y mettre ? Je risque d'en avoir bientôt ma claque, de ce gars-là.

— Suffit, fait Barclay d'un ton sec. Même si on pouvait repérer le coin tout seuls, on aurait encore besoin d'un plongeur.

— N'importe qui peut plonger avec un appareil.

— George, mon gros…, commence Barclay doucement.

— Ça va, ça va.

— Qu'est-ce qu'il y a dans l'avion ? je demande.

— Des diamants, répond Barclay. Je dirais même un lot considérable de diamants.

— Et leur propriétaire ?

— Nous, bien entendu.

— Et elle est au courant ?

— Oui.

Pris d'une espèce de crise de masochisme, je veux tout apprendre en détail.

— Et ils ne cherchaient pas à filer en Amérique centrale ?

— Si. Justement. Du moins au départ. Mais Macaulay ne pouvait pas prendre sa femme avec lui dans l'avion parce qu'il lui fallait un plongeur. Les diamants en question semblent avoir une affinité spéciale pour la flotte. Ce sera la troisième fois qu'ils sont repêchés par un plongeur.

— Pendant que tu y es, tu devrais lui écrire un bouquin sur la question, fait Barfield.

— Tu tiens absolument à mettre ton grain de sel, George ?

— Non, non, dit vivement Barfield, mais je vois pas à quoi ça rime d'affranchir ce connard…

— Je peux te garantir qu'il a peu de chance d'aller le répéter à quelqu'un ici. Ou de jamais revenir. Le sous-entendu est limpide.

Je ne les entends même plus discuter. Ils s'effacent et j'ai l'impression d'être seul dans le cockpit. Elle m'a monté le coup du début à la fin. À quoi bon chercher une issue, maintenant !

Je suis un jobard, un pigeon. J'ai avalé toutes ses couleuvres, même quand j'étais encore assez lucide pour détecter le côté louche de ses explications. Elle était incapable de mentir. Tu parles ! Il suffisait de lire dans ces grands yeux innocents, ces grands yeux gris si éloquents : « Ah ! viens t'y perdre, viens t'y noyer ! », pour être convaincu qu'elle disait la vérité. Bon Dieu ! ce qu'on peut être idiot !

Elle ne pouvait pas prendre l'avion, à cause du réservoir supplémentaire. Je représentais leur dernière chance. Elle m'avait confié ses derniers centimes… Je veux aller jusqu'au bout de mon écœurement. Elle a bien dû se payer ma tête, tout ce temps-là. Je l'imagine même expliquant à son mari : « Le pauvre type, on lui ferait croire n'importe quoi. »

Je suis donc tombé dans le panneau comme

un enfant de chœur et à cause d'elle j'ai expédié ce petit voyou par le fond et je suis bon pour avoir la police aux fesses jusqu'à la fin de mes jours. Il est vrai que je ne ferai pas de vieux os. Dès que j'aurai localisé l'avion de Macaulay et repêché la camelote, je suis bon pour le grand plongeon.

Elle aussi, d'ailleurs. C'est vraiment dommage. Et je me demande si elle s'imagine avoir une chance d'attendrir Barclay et son tueur. Dès qu'elle leur aura indiqué l'emplacement de l'accident, ils se débarrasseront froidement d'elle. Et si elle s'obstine à la boucler, ils s'offriront le plaisir de la tabasser pour la faire parler. Là, elle pourra toujours brancher les rhéostats dans ses beaux yeux humides, pour ce qu'elle y gagnera. Je devrais éprouver une certaine satisfaction à l'idée que ses truquages ne lui ont pas réussi plus qu'à moi, mais non, je suis écœuré, simplement.

Est-ce que je vais recommencer à me faire des cheveux pour elle ? Cette garce, cette faux jeton… Et soudain une idée me vient. Si elle savait où était l'avion et ce qui se trouvait dedans, pourquoi ne l'ont-ils pas agrafée tout de suite au lieu de s'évertuer à faire sortir Macaulay de sa planque ? Je me traite de tous les noms. Vais-je remettre ça et lui chercher encore des excuses ? Tant qu'elle risquait de les mener à Macaulay, ils l'ont laissée courir, ça va de soi. Ses tuyaux sur l'accident ne pouvaient être que de seconde main et ils la tenaient en réserve au cas où Macaulay y laisserait sa peau. Elle représente maintenant leur dernier atout.

« Ils ont bonne mine », me dis-je.

Nous traversons la barre. La brise soulève une houle modérée qui se brise en déferlant contre la marée descendante. Nous embarquons quelques paquets de mer tandis que je maintiens le bateau en direction de la bouée.

— Tenez, prenez la barre, dis-je à Barclay.

Il prend ma place et je gagne l'avant pour hisser le foc et la grand-voile. Barfield reste assis dans son coin à fumer. Comme je finis d'étarquer la toile, nous doublons la bouée. Je coupe le moteur auxiliaire.

— Bon, alors, vous me donnez le cap ? je demande à Barclay.

— Disons légèrement à l'ouest de Scorpion Reef, répond-il dans l'obscurité. Ça ira jusqu'à demain matin et, entre-temps, nous pourrons mettre au point une séance de charades avec Mme Macaulay.

— Entendu.

Je descends dans la cabine, rabats la table des cartes sur la couchette bâbord et allume la petite applique au-dessus. Cent cinquante-cinq degrés, ça devrait coller. J'évalue à l'estime notre dérive, n'ayant jamais mené le bateau, mais ça doit être à peu près correct, d'autant que nous ne savons pas au juste où nous allons. Sans compter que je me fous totalement d'atteindre ou non l'objectif prévu. À moins de saute de vent, nous pourrons courir ce cap toute la nuit sans changement.

Avant de remonter, je jette un rapide coup d'œil circulaire. Je ne sais pas au juste ce que je cherche, mais, me trouvant seul pour la première fois, sans doute mon idée est-elle de dénicher une arme quelconque. Mais je me joue la comédie, sans plus. Ils n'ont rien amené avec eux à bord et il n'est pas question de trouver ici un pétard supplémentaire. Ils sont deux. J'en aurai toujours un sur le dos à me surveiller de près ou de loin. Si j'essaie d'en colleter un par-derrière pour lui piquer son feu, l'autre me descendra. En plus ils sont du métier ; même un type armé n'aurait pas sa chance contre eux deux.

Le sloop donne légèrement de la bande et la cabine s'incline. Au large de la bouée, Barclay a serré le vent en piquant au jugé vers le sud-ouest. Le bateau tient bien la vague, sans embardées. On n'entend que le bruissement de l'eau contre la quille et les haubans qui grincent. J'ai un instant l'impression de retrouver mon ambiance familière, puis je me souviens que cette croisière n'est qu'un voyage sans retour.

Ils n'auront pas besoin de moi pour rentrer. N'importe qui peut trouver la côte de Floride.

Mû par une impulsion mal définie, je vais jusqu'au rideau et jette un coup d'œil dans le fond de la cabine. À la lumière jaunâtre de l'applique derrière moi, je distingue à peine Shannon, étendue sur la couchette tribord, le visage enfoui dans l'oreiller. Son corps admirable paraît si désarmé, si totalement épuisé.

Sans savoir pourquoi, je franchis le seuil comme un automate et je vais me planter devant la couchette. Elle a dû m'entendre, car elle remue, se tourne sur le côté et ouvre les yeux. Ils sont brillants de larmes.

— Bill, murmure-t-elle, je regrette…

Je me secoue et la regarde avec un sourire hostile.

— Bonne traversée, dis-je.

Puis je fais demi-tour et je remonte sur le pont.

Barfield, les jambes allongées à travers le cockpit, me barre le passage. Je lui décoche un méchant coup de pied.

— Tire tes foutus arpions de là, je lui lance, hargneusement.

C'est comme si j'avais allumé une cigarette dans la soute d'un pétrolier. Barclay, avec son sang-froid et son autorité, sauve de justesse la situation.

Les occasions ne vont pas lui manquer d'exercer ses talents. Ça ne fait de doute pour personne.

X

L'explosion est conjurée et Barclay s'est rassis. Une légère brise nocturne souffle. Le *Ballerina* donne toujours de la bande en coupant la houle au plus près. J'indique à Barclay qui est assis à ma gauche le cap corrigé et il laisse porter sous le vent de dix degrés.

— Et maintenant, les tours de quart, dit-il. (La veilleuse de l'habitacle souligne ses traits minces et réguliers.) As-tu déjà manœuvré un voilier, George ? ajoute-t-il.

— Non, répond Barfield en face de moi. Mais si cette tête d'épingle en est capable, n'importe qui peut s'en tirer.

— En fait, ce ne sera pas nécessaire, reprend Barclay. Manning et moi nous pouvons nous relayer de quart en quart, mais il faudra que tu prennes la garde en même temps que lui sur le pont pendant que je dormirai. Mme Macaulay se cantonnera dans la section avant de la cabine ; toi, moi et Manning, on pourra dormir à tour de rôle sur les deux couchettes dans l'entrée mais bien entendu, il ne descendra pas si l'un de nous est en train de dormir en bas.

Il affiche un flegme parfait, comme s'il étudiait la répartition des invités pour un dîner mondain et non la surveillance d'un condamné à mort jusqu'à l'heure de l'exécution.

— Il est minuit passé, reprend-il. Si tu allais faire un somme, George ? Manning peut s'allonger ici dans le cockpit et moi je prendrai le premier quart jusqu'à six heures. Quand Manning me relèvera, tu remonteras sur le pont.

Barfield émet un grognement et descend, la sacoche à la main.

Après son départ, Barclay se tourne vers moi :

— Si vous voulez un conseil, évitez de le provoquer. C'est un type dangereux.

Je m'assieds le plus près possible de lui et allume une cigarette.

— Sale coup pour la fanfare, hein ? dis-je. S'il perdait les pédales et me rectifiait avant que je vous repère votre saloperie de zinc, vous seriez obligés de vous décarcasser, tous les deux.

— Pourquoi vous supprimerait-on ?

— Pas question, je m'en doute. Mais vous pourriez peut-être me donner une lettre de recommandation, non ? Quelque chose dans le genre de : « J'atteste ci-dessous que M. Manning, le seul témoin vivant des meurtres que nous avons commis sur les personnes de M. Macaulay et de sa veuve, est innocent... »

— On ne vous liquidera pas d'office. Vous

n'irez pas trouver la police. Vous ne pouvez pas. Vous êtes recherché pour meurtre vous-même.

Se figure-t-il que je vais avaler ça ? Il y a peu de chance en effet que j'alerte les flics. J'ai tout à perdre et rien à gagner. Mais si je finis au fond du golfe de Mexico sous deux cents brasses d'eau, ces chances sont réduites à zéro. Et les cartouches de 45 ne coûtent rien.

Je me rapproche de Barclay d'un imperceptible glissement des fesses sur la banquette. Puis je jette un coup d'œil sur son visage. Il garde la même expression imperturbable à la lueur de la veilleuse. Je me soulève et gagne encore deux centimètres. Il est presque à ma portée.

Une ironie amusée traverse soudain son regard.

— Tenez, fait-il. (Il sort son 45 de la poche de son veston et me le tend, la crosse en avant.) Autant éviter de se colleter comme de vulgaires charretiers, vous ne trouvez pas ?

J'en reste bouche bée. L'espace d'une fraction de seconde, je suis trop ahuri pour réagir. Puis je me ressaisis et lui arrache l'automatique.

— C'est bien ce que vous vouliez, n'est-ce pas ? s'enquiert-il avec sollicitude.

— Pas d'histoires, dis-je. Ramenez le bateau vers la bouée.

— Ma parole, vous avez le sens du tragique, fait-il d'un ton amusé.

— Vous ne me croyez pas capable de tirer ?

— À vrai dire, non.

— Alors, il n'est pas chargé ?

Complètement dégonflé, je prends le pistolet de la main gauche et fais jouer la culasse. Le chargeur est au complet.

— Vous ne presserez pas la détente, dit-il, et pour plusieurs raisons. *Primo*, vous ne tenez pas à revenir à Sanport où la police vous attend. *Secundo*, je doute sincèrement que vous puissiez abattre un homme de sang-froid. Ça demande une dose de détachement que vous ne possédez pas.

— Continuez.

— Mais, bien entendu, la raison essentielle, c'est que Barfield se trouve en bas dans la cabine avec un autre pétard, et il est placé entre nous et Mme Macaulay. Si vous faites un faux mouvement, il la tient. Et il peut devenir très désagréable, croyez-moi. Il ne demande que ça.

— Je me fous de ce qui peut arriver à Mme Macaulay.

Il sourit.

— Vous croyez ça, dit-il, mais il lui suffirait de pousser un cri pour que vous changiez d'avis. Vous n'avez pas non plus l'estomac pour ce genre d'exercice.

— En somme, je suis la chiffe molle intégrale ?

— Non. Vous avez simplement un certain nombre de points vulnérables qui vous interdisent de traiter des affaires de cette nature. Je vous ai étudié de près depuis l'après-midi de notre rencontre, là-bas au lac…

— Alors vous saviez ce qu'elle mijotait ? C'est pour ça que vous avez vidé les lieux ?

— Naturellement. Et c'est aussi dans le même but que nous vous avons un peu bousculé sur la plage cette nuit-là, sans trop vous abîmer. Nous voulions vous stimuler un peu, vous pousser à activer l'équipement du bateau, afin de découvrir la planque de Macaulay. Tout a marché comme prévu, sinon que Macaulay s'est affolé à tel point qu'il nous a forcés à le tuer. Enfin, ne parlons plus du passé. Maintenant, voulez-vous me rendre mon automatique, si vous avez fini de l'examiner ?

La sueur me dégouline sur la figure. Je brandis le pistolet, le braque entre ses deux yeux railleurs et rabats le cran de sûreté. Je tremble tellement que le canon tressaute au bout de mon poing. Une pression de doigt infime et je resterais seul sur le terrain. Il m'observe d'un air froid. Je me demande si la peur a un sens pour lui. Ce type n'a rien d'humain. Mon index se crispe. Je me sens tendu comme une corde de guitare et des crampes me raidissent le bras. Je me fous de ce qui peut arriver à Shannon Macaulay, hein ? Je la maudis en silence, ulcéré. Je la hais parce qu'elle est vivante. Je la hais parce qu'elle est ici, sur le bateau.

— George, fait calmement Barclay.

Je me sens flancher d'un coup. Je lui tends

l'automatique ; je suis bon à ramasser à la cuiller.

— Qu'est-ce que c'est ? demande la voix de Barfield, du bas de l'escalier.

— Rien, dit Barclay. Roupille, ma vieille.

J'allume une cigarette. Mes mains tremblent.

— Mettez ça dans votre bilan, murmure Barclay, au compte « Éclaircissements ».

Il voulait que je sois fixé, que je me rende compte de la futilité d'une tentative pour désarmer l'un d'entre eux tant que la fille serait à la merci de l'autre. Il a choisi la démonstration la plus simple. Je me demande à quel personnage j'ai affaire. Il connaît de moi des aspects que j'ignore moi-même. Peut-être cette fille m'est-elle odieuse, mais il sait qu'il lui suffit de la menacer pour que je me sente les mains liées. Éclaircissements, comme il dit. L'histoire me paraît aussi claire que le fond du Mississippi.

— Je ne me frapperais pas trop pour cet incident, reprend Barclay. L'exploitation des faiblesses de l'adversaire est une tactique élémentaire, qu'il s'agisse de la guerre, des échecs ou du tennis, et fort ancienne. Et Mme Macaulay représente pour nous la caution rêvée. Une créature bien désirable, par ailleurs…

— Au diable Mme Macaulay !

— Pardonnez-moi si je parle trop. En mer, j'ai volontiers tendance à philosopher, surtout sur un voilier. Fâcheuse habitude.

— Qu'est-ce que vous comptez faire d'elle, quand vous aurez trouvé l'avion ?

— Franchement, mon vieux, je n'y ai pas encore songé. Et puisque, selon vous, nous nous moquons tous éperdument de ce qui peut lui arriver, pourquoi perdre son temps à ce problème ? Quelle nuit splendide, n'est-ce pas ? Aimez-vous Swinburne, le poète ?

— On était copains comme cochons, je réplique. Alors, qu'a fait Macaulay, au juste ?

— Il a essayé de nous voler, ou plutôt il nous a volé la bagatelle de sept cent cinquante mille dollars de diamants.

Cette somme ne représente rien pour moi. Il pourrait dire vingt dollars ou un milliard, ça m'aurait produit le même effet. Macaulay et eux étaient après la même camelote, rien de plus. Moi, je ne suis que le pauvre corniaud de piéton qui s'est laissé embringuer dans une course d'obstacles.

Le vent nous prend presque par le travers. Nous embarquons quelques paquets de mer à hauteur de la cabine et des embruns éclaboussent le cockpit. Barclay est un fin barreur. Un maladroit nous aurait déjà inondés. Je me penche en avant, allume une cigarette au creux de mes mains et je le reluque. Il considère pensivement le cadran du compas. C'est le type le plus déconcertant sur qui je sois tombé et je me dis que si nous devions piloter ce bateau autour du monde jusqu'à la fin de nos jours, en tête à tête, je ne serais pas plus avancé sur son compte le dernier jour que le premier. Il est impitoyable, absolument dépourvu de conscience et pourtant je le trouve presque sympathique. Pourquoi, je n'en sais rien.

— Puisque vous étiez dans la récupération d'épaves, continue Barclay, le nom *Shetland Queen* vous dit sans doute quelque chose ?

Je redresse soudain la tête.

— Oui. Je m'en souviens parfaitement.

— Il a perdu son gouvernail dans un typhon, l'automne dernier, sur la côte au nord de Campêche. Si ma mémoire est juste, les vagues l'ont drossé en plein sur le rocher, mais il avait des avaries trop importantes sous la ligne de flottaison et il a coulé en quelques heures. L'équipage s'en est tiré au complet. Le bateau était sous dix brasses d'eau et les compagnies d'assurances avaient établi un avenant pour la récupération de ce qui restait de la cargaison. Ils avaient sauvé de l'outillage et quelques milliers de caisses de whisky intactes.

— Si je comprends bien, c'était la première fois que les diamants faisaient le plongeon, dis-je. Mais où intervient Macaulay là-dedans ?

Ma question à peine posée, j'entrevois le joint. Récupération… Assurances maritimes. Shannon m'a donc dit partiellement la vérité, du moins en ce qui concernait le métier de Macaulay.

— C'est exact, déclare Barclay. Ils étaient à bord du *Shetland Queen*. Mais (il relève les yeux et je le vois sourire à la lueur diffuse de l'habitacle)... par suite d'une étrange omission, ils ne figuraient ni sur le manifeste de chargement ni sur les connaissements de douane. En fait, ils se trouvaient dans des boîtes de cacao embarquées aux Pays-Bas et destinées à ma petite firme d'importation de La Nouvelle-Orléans. Pas de recette plus économique pour le transport des diamants, n'est-ce pas, ni malheureusement de plus hasardeuse en cas de naufrage. Le cacao, d'après mes souvenirs, était assuré pour deux cents ou trois cents dollars. Et bien entendu, il nous était difficile d'expliquer aux assureurs qu'il y avait une erreur sur la marchandise et de leur réclamer sept cent cinquante mille dollars quand nous avions payé la prime pour une valeur déclarée de trois cents. Pas très fair-play, entre nous... Ils risquaient de se montrer légèrement sceptiques, sans compter que ça devenait délicat d'essayer d'expliquer aux douaniers cet inoffensif tour de passe-passe. Pas très portés sur la plaisanterie, les gabelous ! Nous étions dans une sérieuse impasse, comme vous pouvez l'imaginer. Benson and Teen avaient réglé tous les dommages, y compris les nôtres, et s'occupaient à récupérer ce qu'ils pouvaient, mais naturellement, ils n'allaient pas perdre leur temps à repêcher un lot insignifiant de boîtes de cacao. Nous, nous avons lancé un ballon d'essai. Puisqu'ils travaillaient sur l'épave, pourquoi ne pas repêcher tout simplement le cacao, étant entendu que nous annulions nos réclamations. Ils nous ont envoyé promener. Les opérations de récupération, surtout en mer libre, sont hors de prix et ils n'envisageaient pas un instant de s'occuper de cette broutille. Nous avons laissé tomber, sachant qu'en insistant, nous éveillerions leurs soupçons.

« Il ne nous restait qu'une solution : attendre qu'ils en aient fini avec l'épave pour entreprendre notre opération de sauvetage personnelle.

« Malheureusement, certains... euh... concurrents, flairant le vent, ont tenté à leur tour de racheter le cacao à Benson and Teen. Cette démarche a alerté leur agent chargé de l'affaire... feu Francis Macaulay. Macaulay a donc expédié un émissaire secret au Mexique, sur les lieux. Ce type a exigé le repêchage du cacao et, en tant que représentant officiel de Benson and Teen, on lui a donné satisfaction.

« Quelques minutes lui ont suffi pour découvrir le pot aux roses. Il s'est bien gardé d'en parler et dès son retour au petit port où la cargaison récupérée avait été débarquée, il a téléphoné à Macaulay.

« Il leur restait deux problèmes à résoudre. Le premier, identique au nôtre, consistait à faire entrer discrètement les pierres aux États-Unis. Le second, c'était de nous empêcher de remettre la main dessus. Deux de nos hommes surveillaient en permanence dans le port la marchandise en dépôt. Macaulay a tout de suite trouvé le biais. Il avait été pilote de bombardier pendant la guerre et possédait son brevet civil.

« Il est venu jusqu'au golfe et s'est procuré un hydravion, dans l'intention de cueillir son acolyte avec les pierres. Ils devaient se retrouver sur une lagune à vingt-cinq ou trente kilomètres du port mexicain. Mais nos hommes étaient, eux aussi, au rendez-vous. Ils se méfiaient de l'envoyé de Macaulay et l'ont suivi à bord d'une vedette. L'autre les a semés dans la jungle, mais ils avaient aperçu l'avion et ils ont harponné le gars au moment où il grimpait à bord, aidé par Macaulay, que nos hommes ont reconnu. Ils ont ouvert le feu et abattu le type, mais Macaulay a réussi à décoller et à filer.

— Avec vos fichus cailloux, dis-je. »

Il acquiesce.

— C'est du moins ce que nous pensions. Macaulay n'est jamais réapparu à New York. Il avait été repéré par nos hommes et se doutait que nous ne le portions pas dans notre cœur. Sa femme a également disparu. D'après ses employeurs, il venait de prendre sa retraite à la suite d'une crise cardiaque. Il avait donné comme prétexte à son voyage sur la côte une affaire de famille quelconque à régler.

« Nous nous sommes mis à sa recherche. Il nous a échappé de justesse deux ou trois fois. Mais, détail curieux, il ne semblait pas avoir fait la moindre tentative pour liquider son butin.

C'est après l'avoir coincé à Sanport que nous avons commencé à comprendre. Il n'avait pas vendu ou essayé de vendre la camelote parce qu'il ne l'avait pas.

« Il nous a filé entre les doigts à Sanport avec un autre avion. Nous avons appris qu'il était accompagné d'un individu qui transportait avec lui un appareil de plongée. Macaulay, entre parenthèses, était incapable de nager une brasse. Nous avons tout de suite su à quoi nous en tenir. La boîte de métal contenant les diamants était tombée dans la lagune pendant la bousculade, au moment où l'acolyte de Macaulay avait été abattu.

« La seule marche à suivre était de ne pas lâcher Mme Macaulay d'une semelle dans l'espoir qu'elle nous conduirait à son mari. Mais là-dessus, nous l'avons fortement soupçonné d'être revenu à Sanport. La nouvelle vous a peut-être échappé dans le journal, mais environ cinq jours après le départ en avion de Macaulay, un chalutier est entré au port avec un naufragé ramassé dans un canot de sauvetage, au large de Campêche. D'après le capitaine, ce personnage s'était donné pour un pilote d'une compagnie mexicaine tombé au cours d'un vol de Tampico à Progreso. Mais, bizarrement, il s'était évaporé à peine le chalutier avait-il accosté.

— Maintenant, j'y suis, dis-je. Dès que sa femme l'a contacté, vous avez compris que le naufragé en question était Macaulay. Mais rien ne vous prouve qu'il ait repêché les diamants. Il s'est peut-être écrasé à l'aller.

— Non. Au retour. Donc la boîte se trouve dans l'appareil.

— Je vois. Et du fait qu'il voulait m'engager pour un travail de plongée, vous avez conclu qu'il connaissait l'emplacement de l'accident.

— Exactement. Nous nous sommes également doutés qu'il se cachait dans la maison, mais qu'il ne serait pas facile de l'attraper vivant. Il était armé et terrorisé.

— Ce qui m'épate, dis-je, c'est que vous et vos terreurs n'ayez jamais mis le grappin sur la fille pour la faire parler. Vous êtes certain qu'elle sait où se trouve l'avion, mais vous l'avez laissée se balader à son gré pendant huit jours…

— *À ce moment-là*, nous n'étions pas sûrs qu'elle le sût.

— Et vous l'êtes maintenant ? Pourquoi ? »

Il maintient le gouvernail d'une jambe et, les mains en coupe, allume une cigarette. Le halo lumineux flottant au-dessus de Sanport s'efface à l'horizon.

— C'est bien simple, déclare-t-il en tirant une bouffée. J'ai même un peu honte de n'y avoir pas pensé plus tôt. Il y a deux jours, je me suis contenté d'envoyer une lettre à Macaulay lui conseillant de mettre sa femme au courant.

Je secoue la tête.

— Ça ne vous ferait rien de répéter ? Vous lui avez écrit une lettre… Où ça ?

— Adressée chez lui, ça va de soi. Même s'il ne s'y trouvait pas, elle se serait arrangée pour la lui remettre.

— Et il allait la prévenir comme ça, sur votre suggestion ? Ça ne tient pas debout. Il n'avait aucune raison d'accepter.

— Pas d'accord, mon vieux, réplique Barclay en souriant. Je lui ai fourni au contraire une excellente raison. Rappelez-vous, Macaulay était dans les assurances. Il ne plaçait pas de polices sur la vie, mais il en connaissait l'utilité, comme n'importe quel homme marié. Je lui ai tout bonnement rappelé qu'il risquait de gros ennuis et qu'il lui incombait de garantir la sécurité de sa femme.

— En lui signalant la position de l'avion ? je demande, dubitatif.

— Oui.

— Ça, c'est un comble ! En somme, il s'octroyait la certitude que sa femme serait kidnappée, tabassée et mise en charpie par vous et votre équipe de sadiques.

Il secoue posément la tête.

— Vous ne voyez pas encore clairement la chose, mon vieux. Vous ne l'envisagez pas du point de vue de Macaulay, en tout cas. Sa femme serait nécessairement cuisinée, il n'avait pas de doute là-dessus. Donc, si elle *ignorait* où se trouvait l'avion… Vous vous rendez compte… ?

Je me tourne pour le dévisager et il me faut

quelques secondes pour saisir l'horreur rétrospective de la situation.

— Bon Dieu…

— Vous y êtes, vieux, fait-il. Une assurance sur la vie, rien de tel. Il lui laissait celle-là : sa seule chance d'écourter un interrogatoire.

J'imagine maintenant par où Macaulay a dû en passer au cours de ces dernières heures. Faire appel à la police, c'était hors de question. Il avait toutes les chances d'y rester et du même coup, il leur livrait sa femme. Il était obligé de la mettre au courant.

— Un otage pour une fortune, vous saisissez ? murmure Barclay.

Les coudes aux genoux, je le considère.

— Espèce de crapule…

Je m'interromps. Je viens d'oublier sa présence. Un tas d'éléments commencent à s'ajuster tous en même temps dans mon esprit. Elle a dit la vérité à propos du job de Macaulay. Elle a dit la vérité sur leur tentative de fuite en Amérique centrale. La lettre de Barclay à Macaulay ne remonte qu'à deux jours. Macaulay a menti une fois, à sa compagnie, sur les motifs de son départ de New York. Peut-être… Non. Il *revenait* quand il s'est écrasé. Elle mentait encore quand elle a prétendu qu'il tentait de gagner l'Amérique centrale. Mais il faut que je lui parle.

— Je descends dans la cabine, dis-je en me levant.

Barclay secoue la tête.

— Non. George est en train de dormir.

Une rage subite m'envahit.

— J'ai dit que je descendais. Réveillez-le. Dites-lui de tenir son foutu pétard à deux mains ou de s'asseoir dessus. Dites-lui de monter et de sauter à la baille. Moi, je vais en bas.

— Pourquoi ?

— Je veux parler à Shannon Macaulay.

Je lis la réaction sur ses traits à la lumière sourde de l'habitacle.

Ce type a du génie. Jamais je n'ai eu affaire à une intelligence aussi lucide. Il sait ce que je veux demander à Shannon et devine les répercussions de notre conversation. Il en note même déjà les résultats dans son registre comptable.

Et pour commencer, il n'a jamais cherché à me persuader qu'elle mentait. Toujours agrandir les zones vulnérables, se garder de les réduire. Il suit sa tactique.

— George, appelle-t-il, tu es réveillé ?

— Ouais, répond l'autre d'un ton hargneux. Qu'est-ce qu'il fricote encore, ce crétin-là ?

Je descends et j'allume la lampe au-dessus de la table des cartes. George est vautré sur la couchette tribord, en manches de chemise, son col déboutonné. Il fume une cigarette. Son pétard émerge d'un étui sous son aisselle gauche. Il a l'air coriace et mastoc. Ses yeux mauvais clignotent sous la lumière.

— Écoute voir, duchnock, dit-il, si t'allais en écraser ailleurs ? Tu commences à me courir.

Je vais me planter devant lui.

— Tire-toi, dis-je.

Il se redresse sur les coudes.

— Dis donc, eh ! péquenot…

— George, viens ici une minute, lance Barclay du cockpit.

— Allez, vas-y, ma grosse, dis-je. Le patron t'a sifflé.

Il balance ses jambes à bas de la couchette, s'assied lourdement et pose sur moi un regard meurtrier, puis Barclay l'appelle de nouveau.

— Continue seulement à me chercher, duchnock…, fait-il.

Il me tourne le dos et sort.

J'écarte les rideaux et pénètre dans le compartiment avant de la cabine. Shannon est allongée sur la couchette de droite, le visage enfoui dans ses bras repliés.

XI

— Shannon, dis-je.

— Quoi, Bill ? répond-elle d'une voix étouffée.

— Depuis combien de temps savez-vous ce que ces gorilles recherchent ?

Elle se retourne avec lenteur et me regarde. Elle a les yeux secs, maintenant, mais l'épuisement se lit dans son regard éteint.

— Depuis trois heures cet après-midi.

Je pousse un soupir et une soudaine faiblesse m'envahit. Est-ce le soulagement ou la joie ? Peut-être les deux. Je ne m'étais pas trompé. Toute cette gangrène d'amertume qui me gagnait se dissipe et j'ai envie de m'agenouiller près de sa couchette et de la prendre dans mes bras. Mais je me contente d'allumer une cigarette et de la lui glisser entre les doigts.

— J'ai tant d'excuses à vous faire, dis-je.

Elle esquisse un geste de dénégation.

— Non. Je vous ai vendu, Bill.

— Pas du tout. Vous ne saviez pas. Je croyais

que vous m'aviez menti, mais c'était faux. Peu importe que lui vous ait menti.

— N'aggravez pas mon cas, Bill. Vous ne voyez pas ? Je vous ai tout de même trahi. J'avais six heures pour vous appeler et vous pouviez vous échapper. Je n'ai pas pu me décider à vous alerter. Je me sentais encore obligée de l'aider malgré son attitude. J'ai peut-être eu tort, mais je crois que si c'était à refaire, je n'hésiterais pas… Je ne sais comment vous expliquer…

— C'est inutile. Vous m'avez toujours dit la vérité. C'est la seule chose qui compte.

Elle me regarde fixement.

— Et pourquoi ? demande-t-elle.

— Je n'en sais rien.

Mais je le sais parfaitement. C'est même l'unique certitude présente à mon esprit. Je voudrais le lui crier, le lui chanter, mais je ne bronche pas. J'allume une autre cigarette, pour moi.

— Je suis désolé de ce qui s'est passé, dis-je, doucement.

Après un silence, elle répond :

— On n'y pouvait rien. Il n'avait pas une chance de s'en tirer, de toute façon. Barclay savait qu'il se cachait dans la maison et toutes nos tentatives étaient vouées à l'échec.

La cendre s'allonge à l'extrémité de sa cigarette. Elle la considère d'un air morne, puis cherche des yeux un cendrier. J'en trouve un fait d'une vieille boîte de lait concentré sur l'étagère au-dessus de la couchette et le lui tends. Elle essaie de sourire. Rien qu'à la regarder, je sens ma gorge se serrer. Je m'adosse à la couchette opposée, et je m'accroupis sur les talons, mon visage au niveau du sien.

— Pourquoi ne vous a-t-il jamais mise au courant ? je lui demande.

— Par honte, sans doute. Ce n'était pas un criminel, Bill. Ni même un homme malhonnête. Mais l'occasion était unique... une fortune à portée de main, et personne n'en aurait rien su.

— Dommage, dis-je.

Elle détourne un peu la tête et nos regards se croisent.

— Vous vous dites que j'aurais dû me douter de ce qui se passait, n'est-ce pas ? Il fallait être stupide pour ne pas deviner qu'il ne disait pas tout. En fait, j'ai eu des soupçons, je le reconnais. Mais quel parti prendre ? Vous expliquer que mon mari avait probablement menti ? Vous devais-je plus de loyauté qu'à lui ? Huit ans de vie commune étaient-ils rayés d'un trait ? Et sa loyauté, sa tendresse de tous les jours ? Je serais prête à recommencer. Pensez-en ce que vous voulez.

— Si c'est au juré que vous vous adressez, mon opinion est déjà bien arrêtée. Je vous la donnerai peut-être un jour.

Mais quel jour ? Il nous en reste environ cinq ou six à vivre, avec de la chance.

— Attendez, Bill, chuchote-t-elle, ce n'est pas fini. Quand vous saurez tout, vous me prendrez pour une idiote. Voyez-vous, ce n'est pas à l'aller qu'il s'est écrasé avec son avion, mais au retour.

— Je sais, oui. En revenant à Sanport.

— Non. Pas à Sanport. Quelque part sur la côte de Floride où il devait détruire l'avion et disparaître. Comprenez-vous ? Il me lâchait définitivement.

Je commence à saisir.

— Et vous seriez partie pour le Honduras, pensant le rejoindre. Et ne retrouvant pas trace de lui, vous auriez eu la certitude qu'il était mort ? Quelque part dans le golfe ou au fond de la brousse ?

— Oui.

Avec un sourire sans joie, elle ajoute :

— Mais ce n'était pas moi qu'il voulait convaincre. Je lui servais seulement de caution, voyez-vous ?

— Ah !

Cette fois, j'y suis.

— Alors, si Barclay et ses hommes avaient réussi à vous suivre là-bas, ils concluaient eux aussi à sa mort. C'était bien son idée ?

Elle acquiesce. Je continue :

— Après tout, cette façon de s'en tirer lui a peut-être paru normale, à la longue.

— Il avait une peur terrible. Il avait été traqué trop longtemps. Je suppose qu'il était à bout.

— Mais vous lâcher comme ça ? Vous laisser sans ressources dans un pays étranger.

— Pas exactement sans ressources, répond-elle. Voyez-vous, les fonds n'étaient pas dans l'avion comme je le croyais, mais dans un sac que je devais emmener avec moi. Rien n'est simple, dans cette histoire. D'abord, il me plaquait et puis il lui fallait duper son ami qui avait acheté l'avion. Mais il tenait à ce que je conserve l'argent.

« Peut-être rachetait-il sa mauvaise conscience avec ce fric », me dis-je, mais je garde cette réflexion pour moi. Le personnage de Macaulay, trop complexe, m'échappe. Soudain, Shannon a les yeux pleins de larmes et elle se remet à pleurer sans bruit.

— Comprenez-vous maintenant pourquoi je ne me suis pas décidée à vous appeler à temps ?

— Est-ce tellement important ?

Le menton au creux des mains, elle reprend d'une voix contractée :

— Je voudrais tant vous expliquer, mais je ne sais comment. Dès qu'il m'a mise au courant, j'ai su que je le quitterais, mais je ne pouvais pas le lâcher avant qu'il soit en sûreté.

J'essaie de situer Macaulay, mais encore une fois sans succès. Toutes ces contradictions me dépassent. Je ne veux rien en dire à Shannon à qui ce détail a échappé, mais Macaulay a supprimé son compagnon ou plutôt l'accident d'avion lui a épargné cette sale besogne. Tel qu'était conçu son plan, personne ne devait savoir qu'il vivait encore. Il aurait sans doute liquidé ce pauvre type dès que celui-ci aurait repêché la boîte aux diamants dans cette lagune mexicaine. D'une façon ou d'une autre, j'y aurais eu droit moi aussi. Il était décidé à laisser sa femme en dehors de ses combines. Or, avant ma première plongée dans l'avion, il se trouvait dans la nécessité de m'affranchir. L'opération terminée, j'étais donc destiné à passer par-dessus bord la nuit suivante. Pas très scrupuleux, le gars Macaulay !

— Quelles sont nos chances d'en sortir ? demande Shannon.

Je m'efforce de trouver une réponse, mais quoi ? Ils vont nous éliminer. Tout leur impose cette solution. S'évader ? En pleine mer sur un petit bateau, avec ces deux types qui nous surveillent ? Admettons encore que nous nous en débarrassions. Et après ? La police me recherche et recherchera bientôt Shannon. Le piège se referme aux deux bouts.

Puis j'entrevois une autre perspective, encore plus sinistre.

— Savez-vous vraiment où se trouve l'avion ? je demande.

Elle acquiesce.

— Oui. Il me l'a expliqué minutieusement. Et je n'ai pas oublié un seul mot.

Je m'interroge. Elle croit être sûre. Barclay, lui, en est persuadé. Apparemment, je suis le seul à bord qui se fasse une idée de l'immensité du golfe du Mexique et des dimensions insignifiantes d'un avion.

Non que je me tracasse pour leurs sacrés cailloux. Qu'ils les trouvent ou non, je m'en contrefous. Mais en cas d'échec, Barclay conclura qu'elle cherche à gagner du temps. « Supposez qu'elle ignore... », a-t-il souligné. L'allusion était horrible.

— Il ne vous a pas indiqué la position sur une carte ? je demande. Ou d'après un croquis ?

— Non, répond-elle, mais c'est près d'un haut-fond de sept à huit cents mètres de long, orienté nord-sud, à cinquante milles environ au nord-nord-est de Scorpion Reef.

— A-t-il noté des brisants ou simplement repéré d'en haut le banc sous-marin avant de s'écraser ?

— Il ne m'a rien dit.

Dans la cabine silencieuse, on n'entend que le sifflement des embruns qui traversent le pont au-dessus de nous. Je reste un moment à ruminer. Ça se présente mal. Trop de conditions se posent à la base. Il faut d'abord admettre que Macaulay lui-même savait où il se trouvait. Il faut supposer que les fonds affleuraient assez la surface pour provoquer des remous. S'il avait simplement remarqué un changement de coloration de la mer, inutile d'insister. Il faut encore admettre la justesse de son estimation, la position par rapport au banc sous-marin, alors qu'il se bagarrait pour sortir de l'appareil et lancer son canot pneumatique avant de couler.

Je m'efforce de me rassurer. Il savait naviguer, sinon il n'aurait pas tenté de traverser le golfe en avion. Il a relevé sa position par rapport à Scorpion Reef, il a donc dû reconnaître le récif. Cinquante milles en avion ne représentent qu'un trajet de quelques minutes, son appréciation des distances a sans doute été relativement précise. Et les brisants étaient certainement très visibles. Enfin, il avait l'intention de revenir sur les lieux en bateau. Il devait savoir ce qu'il faisait.

Un nouveau détail me frappe.

— Attendez, dis-je. Barclay m'a demandé d'établir la route à l'*ouest* de Scorpion Reef. Êtes-vous certaine de lui avoir dit *est* ?

— Oui. Il a dû mal comprendre. Je lui ai dit nord-nord-est.

— Une minute.

Je regagne l'autre section de la cabine et me penche sur la carte. Barfield est encore sur le pont. Avec le rapporteur, je trace une ligne à vingt-deux degrés de Scorpion Reef, mesure au compas cinquante milles sur l'échelle en marge de la carte et les reporte sur la ligne. Puis je tombe en arrêt. Pas trace de haut-fond dans les parages. La seule cote de sondage à proximité indique quarante-cinq brasses. Je sens mon anxiété s'accroître. Au-delà, à vingt ou vingt-cinq milles, s'étendent les Northern Shelves, un vaste plateau sous-marin, avec une note précisant qu'un fond de trois brasses a été reconnu en 1907. Macaulay a-t-il voulu parler de cette zone du golfe ? Si oui, nous n'avons pas l'ombre d'une chance.

D'abord, s'il n'était pas fichu d'estimer sa position à vingt-cinq milles près, alors qu'il venait de repérer Scorpion, autant y renoncer tout de suite. La première donnée du problème est éliminée : Macaulay ne savait pas où il se trouvait.

Ensuite, toute cette zone, si c'est bien du plateau en question qu'il s'agit, n'est que hauts-fonds. Dieu seul sait combien de brisants pourraient y être relevés à marée basse, par grosse mer. Essayer de retrouver un avion dans ces conditions serait de la pure démence.

Les doigts tremblants d'énervement, je fais pivoter le rapporteur et trace une ligne nord-nord-est à partir de Scorpion Reef. D'après Barclay, Shannon lui a indiqué cette direction. J'examine la carte en secouant la tête. Ma diagonale se perd au-delà de la courbe des cents brasses. Rien à espérer de ce côté. De toute façon, s'il faisait route vers la côte de la Floride, il n'aurait jamais survolé cette région.

Je réfléchis rapidement. Jamais nous ne découvrirons cet avion. N'importe qui possédant des notions, même très vagues, du boulot de renflouement trouverait toute cette histoire comique, sauf qu'en l'occurrence, elle n'a vraiment rien de marrant pour nous.

Barclay sera persuadé que Shannon veut le doubler. Ou bien elle s'est déjà contredite une fois, ou bien il a compris de travers.

Sept cent cinquante mille dollars à la clé. Et ces types ne reculeront devant aucun moyen de torture.

Je contemple toujours la carte quand une autre solution se fait jour dans mon esprit. J'ajuste vivement le rapporteur à la route que nous suivons et je consulte ma montre. Nous avons doublé la bouée depuis deux heures à peine. En me basant sur une vitesse moyenne de cinq nœuds, nous avons dû franchir dans les dix milles. Gagné par une excitation croissante, je pointe notre position probable et relève au compas l'écart vers l'ouest jusqu'à la côte. Je vérifie ensuite sur l'échelle des distances. Il est légèrement inférieur à neuf milles.

J'éprouve un sursaut d'espoir. Nous pouvons réussir. La lueur qui subsiste encore au-dessus de Sanport suffira à nous guider et sinon, nous n'aurons qu'à nager sous le vent dans le sens de la houle. La mer est chaude. Il est possible d'y séjourner vingt-quatre heures en conservant la chaleur du corps à peu près intacte. Sans argent ni vêtements, nous serons cueillis par la police, elle et moi, c'est certain. Mais ce n'est rien en comparaison de ce qui nous attend sur le bateau. Shannon peut être libérée illico. S'ils sont tuyautés assez tôt, les gardes-côtes risquent de ramasser le sloop et de coincer les deux types. Shannon sera disculpée du même coup. Moi, je me retrouverai en taule, mais j'aime mieux ça que la perspective de devenir cinglé quand ils se mettront à la tabasser à bord du sloop. Oui, mais il nous faut une ceinture de sauvetage. Shannon n'est sûrement pas capable de nager sur cette distance. Quant à moi, j'ai une chance sur deux d'y parvenir. Mais comment amener l'engin sur le pont à leur insu ? Les ceintures du bord sont volumineuses et même ici, dans la cabine, Barfield le verra si Shannon en prend une.

Je jette un rapide coup d'œil circulaire et entrevois une possibilité de réussite. Je prends l'une des larges ceintures en plaques de liège sous la couchette tribord et la dépose sur le haut de la glacière, juste à droite de l'escalier. Je repasse vivement de l'autre côté du rideau et m'agenouille de nouveau près de Shannon.

— Savez-vous nager ? je lui demande.

Elle ouvre de grands yeux surpris, puis répond à voix basse :

— Plutôt mal.

— Bon, dis-je. Écoutez. Il faut se tirer d'ici. Et tout de suite. Jamais nous ne retrouverons cet avion avec les renseignements dont nous disposons et quand ils commenceront à s'en rendre compte, ce sera terrible. D'ailleurs, même si nous le repérons, nous sommes à peu près sûrs d'y passer.

« Il ne nous reste donc qu'à filer à la nage. Peut-être qu'on s'en tirera. Peut-être qu'on se noiera, mais il n'y a pas à hésiter. D'accord ?

— Nous sommes très loin de la côte ? demande-t-elle calmement.

— Environ neuf milles.

— Je peux faire à peu près cent mètres en eau calme.

— Ça ira. Je suis assez bon nageur et nous aurons une ceinture de sauvetage. C'est notre seule chance.

Ses grands yeux me considèrent avec gravité. Je n'y lis aucune trace de peur.

— Très bien, murmure-t-elle.

— Parfait. Je vais remonter sur le pont. Dès que je serai là-haut, Barfield va sans doute redescendre se coucher. Attendez cinq minutes et venez sur le pont à votre tour. S'il veut vous arrêter, faites semblant d'avoir le mal de mer. Dites que vous avez besoin d'air. Maintenant, regardez. (J'écarte le rideau et lui désigne le pied de l'escalier.) La ceinture de sauvetage est là-bas, sur la glacière. Il ne la verra pas. J'éteindrai la lampe avant de remonter. Une fois sur la première marche, attrapez la ceinture en vitesse et grimpez. N'essayez pas de l'ajuster. Serrez-la simplement contre vous. Dès que vous êtes sur le pont, foncez sur le plat-bord et jetez-vous à l'eau. Le temps que Barclay s'aperçoive que vous tenez la ceinture, il sera trop tard. Vu ?

— Oui.

— Bon, dis-je. Rendez-vous dans la flotte. Ôtez vos sandales avant de démarrer et surtout sautez sous le vent.

— Quel côté est-ce ?

— Le plus bas sur l'eau, dis-je avec un sourire.

Elle acquiesce.

— Merci pour tout, ajoute-t-elle avec douceur.

Elle est persuadée que la noyade nous attend.

Je lui effleure la joue du bout des doigts.

— On s'en tirera, dis-je.

Ce simple contact réveille en moi un insurmontable désir de la prendre dans mes bras. Je me redresse brusquement et lui tourne le dos. Après avoir éteint l'applique au-dessus de la table des cartes, je regagne le pont. Je reste un instant sans rien distinguer dans la nuit noire. Barfield grommelle une injure quelconque et je l'entends descendre. Je m'assieds dans le cockpit, le plus près possible de Barclay, à sa droite.

— La conférence s'est bien passée ? demande-t-il sur un ton d'ironie courtoise.

— Très bien.

— Elle n'était pas au courant de ses intentions, n'est-ce pas ?

— Non.

— C'est curieux, mais j'ai tendance à le croire. En fait, je n'ai envisagé cette possibilité qu'après vous en avoir parlé. Macaulay était un drôle de zèbre. Il y avait gros à parier qu'il ne se confierait ni à elle ni à personne. Sa famille était très en vue…

— Celle de sa femme ?

— Non… de Macaulay. Elle était danseuse de cabaret.

Mes yeux se font peu à peu à l'obscurité. Je jette un coup d'œil vers l'arrière. Le halo lumineux qui plane sur Sanport est encore visible. Je réprime un frisson involontaire. Il y a une sacrée surface d'eau sombre entre le bateau et la côte. Mais la traversée est faisable. Une ceinture de sauvetage peut soutenir deux personnes qui évitent de grimper dessus ou de se débattre dans l'eau. Nous en tiendrons chacun un bout et je la remorquerai en me reposant de temps en temps. Le ciel est clair. Même si, au ras de la houle, les lueurs de la ville nous échappent, je pourrai m'orienter sur l'étoile polaire jusqu'à l'aube et ensuite sur le soleil. De toute façon, en nous laissant pousser par les vagues et le vent, nous finirons par aboutir à la plage.

— Si vous alliez dormir un peu ? suggère Barclay. J'aimerais être relevé à six heures.

Il ne faut surtout pas éveiller ses soupçons.

— D'accord, dis-je. Dans une minute.

S'il évente un tant soit peu notre combine, ils boucleront Shannon dans la cabine jusqu'à ce que nous nous trouvions à cent milles au large. Je songe aux heures que nous allons passer dans l'eau et je donnerais beaucoup pour fumer une dernière cigarette, mais j'y renonce pour garder intacte ma vision nocturne. Tout va se passer très vite et il faut que je retrouve Shannon dans l'eau avant qu'elle s'affole et se mette à crier. J'attends, les nerfs tendus. Elle devrait surgir d'une seconde à l'autre. Et si Barfield lui barrait le passage ?

— Elle vous a dit où se trouvait l'avion ? s'enquiert Barclay.

— Oui, dis-je.

Je lui répète les explications de Shannon et demande :

— Où avez-vous pris que la position se trouvait à l'ouest de Scorpion Reef ?

— D'après sa déclaration, naturellement, réplique Barclay. J'espère que vous n'allez pas essayer de m'en faire accroire. Elle m'a clairement affirmé nord-nord-ouest.

— Elle était encore sous le choc, dis-je. Je suppose que son mari venait d'être exécuté sous ses yeux. En tout cas, s'il volait vers la côte de Floride, il n'est pas passé à l'ouest de Scorpion Reef, ça va de soi.

— Admettons, dit-il. Nous reviendrons là-dessus après le petit déjeuner. Mais je vous conseille vivement de ne pas finasser avec nous. Nous prenons malheureusement cette affaire très au sérieux.

Je vais répondre quand des voix s'élèvent dans la cabine.

— Où vous croyez aller ? grogne Barfield.

— Je… j'ai le mal de mer, dit-elle. (Je l'entends à peine parler.)… Air frais…

— Hé, Joey ! appelle Barfield. Je la laisse monter ?

J'attends, retenant mon souffle.

— Non, dit Barclay. Trouve-lui un seau et dis-lui de ne pas bouger d'en bas.

Si Barfield se trouve entre elle et l'escalier, tout est fichu. Mais c'est maintenant ou jamais.

Mon poing s'écrase sur la figure de Barclay, tache imprécise et grisâtre dans la nuit, et en même temps, je hurle :

— Allez-y !

Barclay s'affale en arrière, plongeant la main dans sa poche pour y prendre son pétard. Shannon surgit en trombe de l'écoutille, poursuivie par les braillements de Barfield. J'entrevois une fraction de seconde, dans l'encadrement du cockpit, la ceinture de sauvetage plaquée sur sa poitrine. Puis, d'un bond, elle disparaît. J'empoigne Barclay par le col de son veston, le tire à moi et l'envoie rouler au fond du cockpit. Barfield émerge à son tour en haut des marches. J'entends Shannon tomber à l'eau.

Barclay m'attrape par la jambe gauche et s'efforce de me faire perdre l'équilibre. Barfield saute dans le cockpit tandis que le *Ballerina* se met à rouler. Il trébuche et se rue sur moi. Je lui expédie un crochet à la mâchoire et l'impact se répercute dans mon bras. Il essaie de me ceinturer. D'une détente de la jambe, je me débarrasse de Barclay. Je sais qu'il cherche de nouveau à sortir son automatique. Je me lance en arrière sur la banquette, décroche à Barclay un violent coup de pied en pleine poitrine. Il culbute sous le choc. Je me dégage d'une seconde ruade, me laisse basculer par-dessus le plat-bord et la mer se referme autour de moi.

Tout en coulant, j'essaie de conserver mon orientation. Je ne dispose d'aucun repère précis pour retrouver Shannon dans la nuit. Dans un instant, le *Ballerina* montera debout au vent, le fil de la route rompu et tous les angles perdus.

Je refais surface et cherche des yeux les feux de position. Le bateau tangue dans la houle.

Je pars à la nage dans son sillage. Souliers et vêtements entravent mes mouvements, mais je n'ai pas le temps de les quitter avant d'avoir repéré Shannon. Une vague me déferle par-dessus la tête. Je coupe la suivante de front, craignant de dériver si je me laisse coiffer par la crête d'écume.

Le sloop est à cinquante ou soixante mètres par le travers. Je n'aperçois que le fanal bâbord brillant comme un rubis dans l'obscurité et oscillant au rythme du tangage.

J'allonge le cou et regarde autour de moi. Je devrais apercevoir la bande claire de la ceinture de sauvetage ou le reflet de ses cheveux dorés, mais au milieu des moutons qui m'environnent, je n'y reconnais plus rien.

Je redresse la tête et appelle, sans trop élever la voix :

— Shannon ? Shannon ?

Pas de réponse. Je me demande si j'ai nagé trop loin en arrière. Je commence à avoir peur et la hèle de nouveau.

Cette fois, je l'entends.

— Par ici, dit-elle. Au-delà de ce…

Elle s'interrompt, comme étranglée net. Elle a certainement coulé. Sa voix venait de la gauche, sous le vent. Je pivote sur moi-même.

Une autre lame me submerge. Puis je me retrouve suffoqué dans le creux de la vague.

La tête blonde de Shannon crève la surface tout près de moi.

« Dieu merci », me dis-je, et je l'attrape par sa robe.

Ses bras se crispent autour de mon cou et elle essaie de se soulever au-dessus de l'eau. Nous enfonçons. Dans cette mer chaude comme du thé, un froid subit m'envahit. Elle me tient enlacé de ses deux bras… Nous émergeons ensemble. Je secoue ma tête dégoulinante d'eau salée.

— Shannon ! Où est la ceinture de sauvetage ?

Elle crache et lutte pour retrouver son souffle.

— Elle… je…, fait-elle, haletante. Je l'ai perdue.

XII

Une autre lame déferle sur nous. Shannon se cramponne à moi, à demi étouffée.

— Quand j'ai... sauté, dit-elle d'une voix entrecoupée, l'eau me l'a arrachée des mains. En revenant à la surface, je l'ai aperçue une fois... et une vague l'a emportée.

Je stoppe un début de panique et m'efforce de réfléchir. Cette ceinture ne doit pas être loin, dans un rayon de dix mètres au plus... Sous le vent, il faut nager sous le vent. Flottant sur l'eau, elle a dû dériver plus vite que Shannon.

Nous sommes enlevés sur la crête d'une vague. Je regarde anxieusement autour de moi. Je ne vois rien que les moutons et les nappes d'écume qui luisent faiblement dans l'obscurité. Le rouleau s'abat sur nous et nous enfonce. D'un coup de pied, je remonte à l'air libre. Shannon se débat frénétiquement, essayant de se hisser hors de l'eau. C'est le parfait moyen de se noyer. J'arrache d'une secousse ses doigts contractés sur ma nuque et lui crie :

— Du calme ! Tenez-vous à ma ceinture et laissez-vous aller dans l'eau.

Mon injonction opère. Elle se maîtrise et m'obéit.

Dès qu'elle est allongée dans l'eau, détendue, je n'ai plus besoin de la soutenir. Je me tourne sur le côté et, par détentes successives, me dresse au-dessus de la houle pour scruter désespérément l'obscurité. Les minutes passent. Nous avons dû dépasser la ceinture de sauvetage. Il faut revenir en arrière. Mais où, en arrière ? Parler de direction n'a plus aucun sens puisque nous ne savons pas où nous sommes ni de quel côté le courant nous drosse.

La position du sloop ne peut être d'aucun secours. Il dérive dans le même néant indéchiffrable. Cinq minutes plus tard, je sais que tout est fini, du moins quant à la ceinture de sauvetage. Elle peut flotter n'importe où dans un rayon de cent mètres. Jamais nous ne la trouverons. Je perçois le grondement du starter sur le sloop, puis le moteur démarre. Ils ont dû abattre la voile pour revenir en arrière, à notre recherche. Les feux de position se balancent, puis je les vois s'aligner. Ils mettent le cap droit sur nous. Le faisceau d'une torche électrique fouille l'obscurité de part et d'autre. Je m'écarte à la nage en tirant Shannon derrière moi. Lentement le bateau passe à notre hauteur. Puis le moteur s'arrête et le *Ballerina* roule pesamment en travers de la houle.

— Manning ! (C'est la voix de Barclay.) Vous m'entendez ? Jamais vous ne rejoindrez la côte. Vous êtes à plus de dix milles. Appelez et on vous repêchera.

Nous nous maintenons sur place, la bouche à ras de l'eau. Je soutiens Shannon par la taille et la sens trembler.

— Peut-on y arriver… sans ceinture ? demande-t-elle.

— Je ne crois pas, dis-je.

Au point où nous en sommes, il est impossible de lui mentir.

— Et tout seul, réussiriez-vous ?… Si je retournais à bord ?

— Non.

Une vague se rabat par-dessus nos têtes. Dès que nous refaisons surface, Shannon reprend, haletante :

— Vous vous en tireriez peut-être, sans moi… Je vous dois bien ça.

Elle n'a pas saisi ma pensée.

— S'ils vous tiennent, je lui explique, ils ont les moyens de me faire revenir.

Cette fois, elle a compris.

— Alors, faisons un essai, Bill.

— Nous allons sans doute nous noyer, dis-je. Je ne veux pas vous le cacher.

Elle a une peur intense de l'eau et elle est à la merci d'une seconde de panique, mais maintenant que les jeux sont faits, elle affiche un calme à toute épreuve. Elle sait ce qui nous attend sur le sloop ; elle sait aussi que nous serons probablement morts au lever du soleil, mais sa décision est prise.

— Allons-y, dit-elle. Aidez-moi à ôter ces vêtements.

Avec des gestes maladroits, je lui dégrafe sa robe sur la hanche puis elle la rabat avec sa combinaison par-dessus sa tête tandis que je la maintiens d'un bras autour de la taille. Nous nous enfonçons dans l'eau, et je sens contre moi la douceur merveilleuse de sa peau. Quand nous remontons, le *Ballerina* s'éloigne au nord, contre le vent, et j'entends encore la voix de Barclay qui nous hèle et nous hurle des promesses. Envahi par une amertume sans limites, je débite mentalement un chapelet d'injures à son intention.

— Je suis désolé, dis-je.

— Je vous en prie, répond-elle. Tous ces mots-là, je les connais. Je voudrais vous les dire, mais je n'ai plus de souffle.

Elle dégrafe son porte-jarretelles et je l'aide à arracher ses bas nylon.

— Ça ira comme ça ? demande-t-elle, la gorge obstruée par un flot d'eau salée.

— Oui.

Je me déshabille à mon tour, ne gardant que mon slip, et dis à Shannon de s'accrocher de la main gauche à l'élastique de la taille.

— Faites des mouvements de pieds, dis-je. Très lentement. Sans vous crisper. Et si vous êtes fatiguée, laissez-vous porter sans bouger.

La brume lumineuse au-dessus de Sanport est invisible mais, après m'être orienté sur l'étoile polaire je me dirige approximativement vers l'ouest. Je nage avec lenteur. Les vagues montent derrière nous, nous soulèvent, se brisent sur nos têtes et s'effacent en avant dans la nuit, écrasées par le vent. On n'entend plus que l'immense rumeur de la mer. Je sens à peine le poids de Shannon en remorque et je sais qu'elle fournit un trop gros effort.

— Ne vous éreintez pas, dis-je. Nagez doucement. Très doucement. Et tâchez de ne pas y penser.

« Et boucle-la et ne gaspille pas ton souffle à palabrer », j'ajoute en moi-même.

J'essaie de me souvenir du sens du courant, dans cette zone, mais sans succès. La marée doit monter maintenant et nous aider, mais elle sera haute et commencera à descendre quand nous serons encore très loin de la côte. Nous pourrons tenir pendant des heures, mais inévitablement, nos bras et nos jambes iront en s'alourdissant jusqu'au moment où nous serons tout juste capables de flotter. Ensuite, la fin viendra très vite.

Je me demande si, par un hasard miraculeux, nous parviendrons au but. J'ai déjà nagé une ou deux fois sur des distances équivalentes, j'en suis certain. Dans les eaux du golfe, la chaleur du corps se maintient longtemps. Nous sommes poussés par la houle et le vent. Non, ce n'est que du bourrage de crâne. J'ai réalisé cette performance, c'est entendu, mais jamais après deux jours à peu près sans sommeil, ni en traînant un autre nageur en remorque.

Elle va s'épuiser, et même si je tiens le coup, elle s'affolera, se débattra et quand elle nous aura fait couler, le dernier acte sera joué.

J'aperçois les feux du *Ballerina*. Il revient en arrière et passe à quelques centaines de mètres vers le large. Quand il revient après avoir viré de bord, il est à un demi-mille sous le vent.

Ils s'imaginent que nous avons la ceinture de sauvetage et sont décidés à ne pas abandonner leurs recherches.

Le temps s'écoule.

Mon effort répété, traction, détente, traction, détente, devient fastidieux, puis machinal, pour me donner enfin l'impression que j'y suis condamné de toute éternité. Je suis en train de nager dans une mer chaude, vers un rivage lointain qui ne cesse de reculer au fur et à mesure que j'avance vers lui. La Grande Ourse bascule vers l'horizon au nord-ouest. L'aube se lèvera bientôt.

Je sens mes bras s'alourdir bien avant d'admettre ma fatigue. Le rythme de mon souffle se dérègle et, de temps à autre, je bois une tasse et m'étrangle. Je jette un coup d'œil circulaire. Le ciel commence à rosir à l'est. Puis, soudain, il fait grand jour. Je regarde en avant. Je ne distingue rien que la mer à perte de vue et très loin, à notre gauche, le mât du *Ballerina*. La terre ferme a perdu toute réalité. Nous avons à peine couvert le tiers de la distance et je suis à peu près à bout. Je laisse mes jambes s'enfoncer, brassant la mer sans énergie, et Shannon vient se plaquer contre moi, les lèvres au ras de l'eau. L'épuisement se lit sur ses traits tirés et des cernes bleuâtres soulignent ses yeux. Sous la surface, elle me pose une main sur le bras et tente de sourire.

Une lame nous soulève et nous jette l'un sur l'autre. Le visage de Shannon n'est qu'à quelques centimètres du mien.

— Je vous demande pardon... pour la ceinture de sauvetage, murmure-t-elle d'une voix éteinte.

— Taisez-vous, dis-je.

Une douleur lancinante me tenaille le côté et je respire avec peine. Je sais que c'est idiot de perdre son souffle à parler, mais j'éprouve un irrésistible besoin de m'expliquer.

Je lui prends le visage entre les mains.

— Je ne pouvais pas vous le dire avant, même... même s'il vous avait plaquée. Mais maintenant, c'est sans importance. Shannon, je vous aime. Plus que... tout au monde. Je n'ai pas cessé un instant de penser à vous depuis votre arrivée sur la jetée...

Sans répondre, elle élève lentement les bras et les noue autour de mon cou.

Nous coulons, nos bouches soudées l'une à

l'autre, étroitement enlacés. J'ai l'impression de descendre sans fin dans un nuage liquide et tiède. Confusément, je me rends compte que nous nous enfonçons dans l'eau et que, si je ne me décide pas à remonter, nous allons nous noyer sur place, mais je suis comme paralysé et je ne veux pas relâcher mon étreinte. Nous continuons à glisser dans une sorte d'extase traversée de couleurs chatoyantes.

Un rouleau d'écume s'abat sur nos têtes. Nous flottons à la surface et ne sommes tombés dans aucun abîme. Hors d'haleine, je colle mon visage contre le sien.

— Shannon... Shannon..., dis-je.

— Taisez-vous, murmure-t-elle.

Je la serre contre moi, embrasse ses yeux fermés et, de nouveau, nous sombrons dans un espace bariolé aux contours illimités.

Nous émergeons à l'air libre. Je vois le soleil se lever sur la mer. Je suis bien décidé à ne pas mourir. Je me remets à nager, mais à mouvements saccadés, irréguliers, et le poids de Shannon qui me tire en arrière se fait de plus en plus lourd. Soudain, je ne sens plus rien qui freine derrière moi. Affolé, je me dis que Shannon a coulé, à bout de force. Je me retourne. Elle est toujours là. Elle m'a lâché délibérément.

— Continuez, dit-elle.

Sa tête disparaît sous une vague.

Je la prends par le bras, la tire à moi et lui soutiens le menton hors de l'eau. Le *Ballerina* repasse, une fois de plus. Faut-il souhaiter qu'ils nous repèrent ? Je n'en sais plus rien. Tout s'embrouille dans ma tête. Être prêt à mourir dans un avenir imminent, même compté en heures, est une chose. Mourir tout de suite en est une autre. Mais peu importe. Ils ne peuvent plus nous voir. Ils croisent au moins à un mille de nous.

— Continuez..., répète-t-elle, haletante. Vous arriverez peut-être. Laissez-moi... J'ai tout gâché...

— Ne parlez pas, dis-je. Gardez votre souffle.

Nous enfonçons.

Je la hisse en surface. « Encore *une fois*, me dis-je. *Deux à la rigueur.* » Mais ce n'est pas encore la panique. J'espère que nous n'en viendrons pas aux mains quand elle se déclenchera. Peut-être même échapperons-nous à la panique. Mais non, elle est inévitable. L'asphyxie commence avec la contraction de la gorge qui ne peut plus expulser l'eau. Mes yeux s'ouvrent. Je constate que le sloop a viré de bord et vient droit dans notre direction. Mais ils n'ont pas pu nous voir. Puis un fragment de ma cervelle, comme isolé du reste, se met à réfléchir, calmement, méthodiquement, comme si j'analysais un problème, règle à calcul en main, devant une table de travail. Les jumelles. Ces puissantes jumelles marines que j'ai achetées à La Nouvelle-Orléans. Elles expliquent leur persistance à nous rechercher. Barclay savait qu'il nous repérerait dès qu'il ferait jour.

Je ne sais trop comment, mais nous nous maintenons à flot. Je distingue Barclay, debout sur le pont, se tenant au mât d'une main et guidant Barfield à la barre. Ils ont coupé le moteur et le bateau s'approche, courant sur son erre.

Je les regarde, accablé, incapable de la moindre réaction. Nous avons échoué. Mais nous sommes encore vivants. Barclay saute dans le cockpit et nous lance une amarre. Je l'attrape et il nous hâle vers la coque. Le sloop s'immobilise, roulant bord sur bord. À eux deux, ils saisissent Shannon aux poignets et la hissent par-dessus le plat-bord. J'entends Barfield siffler, puis se mettre à rire. La vue brouillée par l'épuisement, j'essaie de l'injurier, mais je n'en ai pas la force.

Ils me tirent à mon tour sur le pont. Shannon est à genoux dans le cockpit, courbée en avant, ses cheveux dégoulinants d'eau.

Les rayons cuivrés du soleil au-dessus de la ligne d'horizon semblent éclabousser son corps blanc et les deux bouts de chiffon qu'elle porte encore lui collent à la peau comme du papier saturé d'eau. Jamais je n'ai vu une créature aussi belle et aussi harassée. Je fais un pas vers elle, titube et m'écroule.

— Beau morceau, hein, Manning ? fait Barfield. Un peu mouillé, mais du premier choix.

J'essaie de me redresser. Il me pose une main

sur la tête et pèse légèrement. Je m'affaisse comme une pile de cubes. La voix de Barclay s'élève, cinglante. C'est la première fois que j'y décèle une trace de fureur.

— Aide-la à descendre, Barfield, dit-il.

Ils la soutiennent tous les deux dans l'escalier. Pendant une bonne minute, je reste affalé dans le cockpit à reprendre mon souffle, puis je parviens à me remettre sur pied. Je descends à mon tour dans la cabine, vacillant, m'accrochant à tout ce qui se présente à ma portée. Ils ont déposé Shannon sur la couchette tribord avant, celle qu'elle occupait déjà. J'écarte le rideau et m'immobilise sur le seuil, la tête appuyée au montant de bois. Barfield me jette un coup d'œil narquois et ressort.

Barclay rabat le drap sur le corps presque nu de Shannon avec le savoir-faire professionnel d'une infirmière.

— Merci, dis-je en le regardant.

— Pas de quoi, réplique-t-il. Je vous conseille de vous allonger aussi. Vous m'avez l'air un peu diminués, tous les deux.

— Pourquoi ? je lui demande en lui désignant le drap couvrant Shannon.

— Pourquoi pas ? fait-il avec un haussement d'épaules. La brutalité gratuite, c'est bon pour les imbéciles.

Puis il quitte la cabine.

« C'est bien ça », me dis-je, perdu dans un océan de fatigue. Jamais je n'avais encore si bien situé le personnage. La brutalité gratuite est bonne pour les imbéciles. C'est un professionnel ; il n'est brutal que si ça rapporte. Pourquoi bazarder ce qu'on peut vendre ? Pour Barfield, cette fille à peu près à poil est une occasion de se rincer l'œil, pour Barclay, elle représente un capital.

Debout près de sa couchette, mal assuré sur mes jambes, je contemple ce merveilleux visage de Nordique aux pommettes écartées, avec les longs cils ombrant les joues. Sa chevelure poissée d'eau n'est plus qu'une masse informe.

Je m'accroupis, ôte les épingles de son chignon, puis étale ses cheveux dénoués sur l'oreiller. Peut-être sécheront-ils un peu.

Elle ouvre les yeux, me regarde et ses lèvres remuent.

— Sans moi, vous auriez pu y arriver.

— Je ne peux m'imaginer nulle part sans vous.

— Moi non plus, répond-elle, à voix basse.

Je me penche sur elle, l'embrasse et me sens flancher d'un seul coup. Je me laisse tomber sur l'autre couchette et m'endors sans avoir eu le temps de m'allonger.

Je me réveille. Barfield me secoue le bras.

— Allez, Manning, debout et que ça saute, dit-il. Barclay veut te causer.

Toute l'histoire me revient à la seconde même et ma bouche s'emplit du goût aigre de l'échec.

Je me sens broyé de courbatures et mon slip est encore humide d'eau salée.

— Quelle heure est-il ? je demande.

— Quatre heures. Ça fait dix heures que t'en écrases.

— Bon. Ça va. Tu me les retiendras sur ma paye.

Je tends le bras vers l'étagère et j'y prends une boîte d'allumettes et un paquet de cigarettes. J'en allume une et en tire voluptueusement une bouffée.

Shannon est encore endormie sur la couchette d'en face, le drap remonté jusqu'aux seins. Elle ne bouge pas.

Barfield recule d'un pas et s'adosse au placard. Il s'est débarrassé de sa chemise et les coups de soleil ont marbré de plaques rose vif son torse velu.

Je me demande où est le second pétard et conclus que Barclay a dû les empocher tous les deux. Barfield est taillé en athlète, avec des épaules de bûcheron, et il me rend probablement dix ou quinze kilos. Sa démarche est souple, ses gestes précis et j'ai comme une idée qu'il me surclasserait dans une bagarre. Les coups durs, ça le connaît : le nez aplati et cassé, une cicatrice blanchâtre prolonge son sourcil gauche. Ses yeux gris ont un regard dur, direct. Au-dessus de son visage tanné, ses cheveux en brosse paraissent presque blancs, un peu comme du coton.

Tout en fumant, j'examine son visage marqué.

— Boxeur ?

— Amateur… quand j'étais môme.

Je me tourne vers Shannon. Elle est étendue sur le dos, le visage tourné de côté. Ses cheveux ruissellent sur le tissu bleu de l'oreiller en cascade argentée et le drap épouse la courbe de ses seins.

— Quel châssis ! fait Barfield en la reluquant.

— Te gêne pas. Va donc rabattre le drap. Elle dort.

Il hausse les épaules.

— Dans le genre teigneux, tu te poses là, hein ?

— L'idée de cette croisière d'agrément n'est pas de moi, je réplique. On ne m'a jamais dit que je devais jouer les petits rayons de soleil.

— Bon, enfin, remue ta viande et grimpe là-haut. Barclay t'attend.

— Ça va. J'ai signé pour le télégramme. Tu peux te barrer.

Une lueur mauvaise passe dans ses yeux gris, mais il n'a pas un geste de menace. Barclay a dû le chapitrer pour qu'il évite les accrochages avec son capital doré sur tranche et Barfield ne se laisse pas provoquer. Une bagarre pourrait faire de la casse et le patron a besoin de conserver ses passagers intacts pendant quelque temps encore. Barfield pivote sur ses talons et sort.

Je regagne la partie arrière de la cabine, sors un blue-jean d'un sac marin et chausse une paire d'espadrilles. Puis je vais m'examiner dans la petite glace contre la cloison. J'ai les yeux bouffis de sommeil et un coup de rasoir ne serait pas du luxe. Je me sens aussi déjeté que j'en ai l'air, ce qui n'est pas peu dire. Je glisse un paquet de cigarettes et des allumettes dans ma poche et monte sur le pont.

Le ciel est clair, la houle réduite et la brise a légèrement molli. Le *Ballerina* marche toujours bâbord amures avec toute sa toile hissée. Pas une terre en vue sur tout l'horizon.

— Bonjour, Manning, dit Barclay. Ça va mieux ?

— Je suis reposé. Vous voulez que je vous relève ?

Il secoue la tête. Il s'est permis une unique concession au laisser-aller d'une croisière en haute mer : il a ôté sa cravate. Mais il arbore toujours son veston de tweed et je remarque les bosses que font dans ses poches plaquées les deux automatiques. Il a le visage brûlé par le soleil et le menton hérissé de poils bruns.

— Non, dit-il. Barfield a pris la barre un moment ce matin. Vous me remplacerez à six heures. Si je vous ai appelé, c'est pour la question pique-nique. Vous savez cuisiner, j'imagine ?

— Un peu.

— Bon. Alors, si vous nous prépariez quelque chose… des sandwiches au moins et du café. Et prévenez Mme Macaulay. Dites-lui que nous casserons la croûte et que nous tiendrons une petite conférence vers cinq heures.

— Une conférence ?

L'air sarcastique, il hausse les sourcils.

— Oui. Nous avons l'intention de discuter de cette brouille qui nous a amenés ici. Je parle du repérage de l'avion. À condition, bien entendu, que d'autres séances de natation ne viennent pas nous retarder. Nous devons être à cinquante milles de la côte environ. Mme Macaulay pourra donc laisser sa ceinture de sauvetage en bas avant de monter.

Je tire une dernière bouffée de ma cigarette et jette le mégot par-dessus bord.

— Vous ne le croirez peut-être pas, lui dis-je. Mais Mme Macaulay a perdu la ceinture en question quand elle a sauté à l'eau et elle n'avait aucun espoir d'arriver jusqu'à terre. Elle choisissait simplement le suicide plutôt que de remonter sur le bateau.

— Très touchant, réplique-t-il, mais vous frappez à la mauvaise porte. Je ne suis pas chargé de veiller sur le bonheur de Mme Macaulay.

Barfield écarte les bras et hausse les épaules avec un air de commisération affectée.

— Tu te rends compte, bébé, comme le monde est méchant !

Sans relever, je continue :

— Et j'ai une autre nouvelle à vous apprendre. (Tôt ou tard, ils le sauront, alors autant les préparer tout de suite.) Jamais vous ne dégotterez ce zinc. Mme Macaulay m'a communiqué les tuyaux fournis par son mari. Ils ne vous permettraient même pas de repérer la flotte du Pacifique.

Il hausse les épaules.

— Nous n'avons jamais pensé que ce serait facile. Elle n'approchera peut-être de la vérité qu'après nous avoir déjà indiqué deux ou trois emplacements.

Je reste impassible, mais je n'en mène pas large. C'est bien ce que je craignais depuis le début. Ils n'ont pas la moindre notion de l'immensité de cette étendue d'eau ni du degré de précision indispensable des indications permettant d'y retrouver quoi que ce soit. Leur seule idée sur la question, c'est que Mme Macaulay veut ces foutus cailloux pour elle et qu'elle est bien décidée à ne pas l'ouvrir.

— Si vous aviez perdu votre montre entre ici et la dernière bouée de Sanport, dis-je, penseriez-vous pouvoir la repêcher ?

— Un avion est d'un format nettement supérieur, mon vieux. Et Macaulay savait exactement où il avait coulé, sinon il n'aurait pas essayé d'engager un plongeur. Enfin, restons-en là. Nous y reviendrons en présence de Mme Macaulay. D'accord ?

Je lui tourne le dos sans répondre et je redescends. Discuter avec lui ne peut mener à rien.

Je repousse le rideau et m'approche de la

couchette. Shannon dort d'un sommeil paisible, le visage un peu empourpré par la chaleur.

— Shannon, dis-je à voix basse.

Elle ne bouge pas. Je lui touche le bras.

Ses yeux s'ouvrent et elle pose sur moi un regard vide, sans comprendre. Puis elle contemple la cabine autour d'elle, la mémoire lui revient et, l'espace d'un instant, l'idée de l'abominable histoire dans laquelle nous sommes fourrés semble l'abattre complètement, puis elle encaisse le choc et réagit, très vite.

— Bonjour, Bill, fait-elle. Comme je suis heureuse que ce soit vous.

— Comment vous sentez-vous ?

Elle se remue avec des gestes mesurés.

— Je ne sais pas trop... Plutôt vaseuse, je crois.

— Vous avez l'air en pleine forme.

— Ça m'étonnerait, dit-elle en faisant la grimace.

— Si, je vous assure, vous êtes splendide.

J'ai dû dire ça un peu gauchement. Une gêne subite s'empare de nous. Il est arrivé trop de choses en trop peu de temps. Nous avons vécu toute une existence en moins d'une semaine et il ne nous en reste probablement pas plus à survivre. Macaulay est mort et mort assassiné, il n'y a pas vingt-quatre heures, mais ça ne signifie plus rien. Il s'est volontairement éliminé depuis longtemps. Il a plaqué Shannon pour sauver sa peau. Elle ne lui doit plus rien.

— Je vais faire des sandwiches et du café, dis-je. Ça vous tente ?

— Oui.

— Parfait. Restez où vous êtes une minute.

Je reviens dans la cabine avant et tire au réservoir une bassine d'eau douce. Je vais la poser sur la tablette entre les deux couchettes et je retourne chercher le carton contenant les affaires personnelles de Shannon qu'elle a fait transporter à bord. Il est toujours posé sur la couchette, là où Barfield farfouillait pendant que nous longions le chenal.

— Ça vous fera du bien, lui dis-je.

Elle s'assied sur la couchette, tenant le drap sur sa gorge, ses cheveux lui balayant les épaules.

— Une déesse nordique au nom irlandais, dis-je en la contemplant.

Elle esquisse un sourire mélancolique.

— Je suis à moitié irlandaise, répond-elle, mais ma mère était finlandaise. Et elle avait près d'un mètre quatre-vingts.

— Elle était belle ?

— Très belle.

— Ne me demandez pas comment je le savais, dis-je en souriant. Je risquerais de vous l'expliquer.

Je sors et tire le rideau.

XIII

Je mesure le café dans le percolateur quand peu à peu une idée, encore une, prend forme dans mon esprit. Et soudain, saisi par la perfection de mon plan, je m'immobilise, si brusquement que je renverse une cuillerée de café. La moitié de notre problème est annulé.

Retourner d'où nous venons ? Mais qui parle de retourner d'où nous venons ?

Le *Ballerina* est ici, sous mes pieds, réponse au rêve de n'importe quel amoureux de la mer. Et Shannon est à côté, derrière ce rideau, la femme à laquelle je n'ai cessé de penser depuis l'instant où je l'ai vue… Et derrière moi, une sacoche noire où sont enfermés quatre-vingts mille dollars. Je reste planté là, la cafetière à la main, me balançant au rythme du bateau, écoutant le clapotis de la mer contre la coque tandis que défilent dans ma tête les noms des petites îles des tropiques aux longues plages dorées, avec des villages d'indigènes tapis dans des criques bien abritées où l'eau est toujours calme et bleue. Jamais ils ne nous retrouveront… Cette fortune nous durera toute une vie. Je me sens harcelé par un désir intense. « Rien que nous deux. » C'est le paradis à portée de la main. Et de l'autre côté du monde… Java, Sumatra, les Marquises… Retourner en arrière ? Comment n'y ai-je pas pensé plus tôt ? Nous changerons le nom du sloop et celui de son port d'attache. Nous changerons nos propres noms et repartirons de zéro…

Oui, mais…

Il reste à trouver le moyen de se débarrasser de Barclay et de son acolyte. Je pose la cafetière et me mets à couper des tranches de pain pour les sandwiches, puis je sors du salami et du fromage de la glacière.

Comment se présente la situation ? Hier soir, Barclay m'a ironiquement tendu son pétard, sachant que je ne m'en servirais pas parce que Barfield pouvait abattre Shannon. Mais maintenant elle se trouve derrière moi et ils sont tous les deux dans le cockpit, Barfield sans arme. Admettons…

Admettons que je monte, m'approche de Barclay sous prétexte de lui refiler un sandwich et que je l'assomme. Il est mince, frêle d'ossature, sans doute facile à mettre K.-O. et il a deux feux sur lui. Je risque de lui en piquer un. Mais je resterai une fraction de seconde sans défense. Barfield en profitera pour me ceinturer et je me retrouverai par terre, la gueule bourrée de coups de pied. Barfield est un malabar qui connaît son boulot.

Mais il faut bien qu'ils se reposent de temps en temps. Et après ? Pendant, qu'un des deux roupille, l'autre me tient à l'œil. Sans parler de l'otage que représente en permanence Shannon. Si je déclenche la danse, elle doit se solder par un succès immédiat et total, sinon ça ne vaut pas un clou. Mais cinq jours ! Peut-être une semaine… Il leur échappera bien une erreur de manœuvre. Si moi aussi je les surveille et sais attendre…

J'empile des sandwiches sur une assiette lorsque les rideaux s'écartent et Shannon apparaît. Elle porte une robe de coton bleue et des spartiates à ses pieds nus. Elle est sans maquillage, et elle a relevé ses cheveux sur sa nuque, mais ils sont encore humides et un peu ternis par le sel. Comme shampooing, l'eau de mer n'est pas spécialement recommandée. Elle s'approche de moi. Une atmosphère de contrainte subsiste encore entre nous.

— Vous vous sentez mieux ? je lui demande.

Elle acquiesce :

— Et je meurs de faim.

Elle jette un coup d'œil vers l'escalier. Les deux autres ne peuvent rien voir dans la cabine à moins d'être postés dans le cockpit juste au sommet des marches. Le soleil plonge par l'écoutille ouverte et oscille contre les cloisons aux ondulations de la houle.

Ses grands yeux me considèrent avec gravité et sans presque remuer les lèvres, elle murmure :

— Vous êtes vraiment chic. Merci de m'avoir si bien comprise.

Puis, en élevant la voix :

— Je peux vous aider à porter leur pâtée à ces chacals ?

— Mais comment donc ! dis-je en lui tendant les sandwiches. Prenez ça. Je monterai le café et les tasses.

Nous grimpons sur le pont. Barclay est à la barre et Barfield est vautré contre le pontage bâbord, les jambes étalées.

Il les replie sous lui et ricane :

— Alors, mignonne, on va se payer un cent mètres en crawl ?

Elle le toise au passage et s'assied à tribord, l'assiette de sandwiches posée sur les genoux.

— Vous avez l'air tout à fait remise, dit Barclay d'un ton froid.

— Merci, oui, répond-elle.

Il me fait signe de la main.

— Venez à ma place un moment, Manning.

Je pose la cafetière sur le toit du cockpit, et me dirige vers l'arrière. Barclay s'efface en me croisant et je prends la barre.

Le soleil baisse à l'ouest et la brise très réduite gonfle à peine la voile.

Barclay s'assied sous la baume à côté de Barfield et prend un des sandwiches. Une mèche de cheveux châtains lui flotte sur le front et il a plus que jamais l'air d'un étudiant ou d'un jeune poète, les deux flingues lestant ses poches et son regard coupant mis à part.

Il nous dévisage tour à tour, Shannon et moi.

— Si vous voulez bien m'accorder votre attention, commence-t-il, je ne serai pas obligé de me répéter. Nous nous trouvons à cinquante milles environ de la terre la plus proche. Par conséquent, une évasion à la nage est hors de question. J'ai jeté à la mer les avirons du youyou, ne comptez donc pas l'utiliser. Toute tentative pour chambarder le statu quo se soldera par une correction à coups de crosse.

Il s'interrompt. Barfield s'est penché en avant pour cueillir un sandwich sur les genoux de Shannon et il en profite pour lui tapoter le mollet. Elle lui décoche un regard polaire.

— Écoute le papa-gâteau, mon lapin, dit-il.

— Vous entendez, n'est-ce pas, madame Macaulay ? reprend sèchement Barclay. C'est à vous que je m'adresse en particulier. Si Manning fait le méchant, c'est vous qui pâtirez.

Sans se démonter, elle tourne la tête et le considère calmement.

— J'ai entendu, dit-elle, mais c'est inutile de chercher à m'impressionner. Je vous ai déjà vu à l'œuvre.

— Dans ce cas, fait-il avec un haussement d'épaules, si nous discutions affaires… Votre mari vous a expliqué où son avion s'était écrasé.

Voulez-vous nous répéter exactement ce qu'il vous a dit ?

— Certainement. Pourquoi refuserais-je ? Mais je ne saisis pas pourquoi vous m'avez dérangée pour me poser une question aussi simple.

— C'est évident, non ? dit-il. Enfin, je vous écoute…

— Très bien. C'est vers la fin de l'après-midi qu'il a reconnu Scorpion Reef et qu'il a modifié sa direction pour atteindre la côte de Floride au-dessus de Fort Myers. Quelques instants plus tard, son moteur droit a pris feu. Il ne pouvait pas l'éteindre et savait qu'il allait tomber. Une ou deux minutes auparavant, il avait remarqué un récif à fleur d'eau en dessous de lui. Il a essayé de faire demi-tour pour aller se poser en bordure de ce rocher, du côté opposé au vent, mais l'avion s'est brusquement abattu, à deux milles à peu près à l'est du récif, et a coulé presque aussitôt. Il a tout juste eu le temps de grimper sur une aile et de mettre le canot pneumatique à la mer. Comme vous ne l'ignorez pas, il ne savait pas nager.

— Pourquoi n'a-t-il pas tenté de sauver les diamants ?

— Il avait enfermé la boîte dans un coffrage en prévision du mauvais temps. Et ce coffrage était déjà sous l'eau.

— Et l'autre type ? Le plongeur ?

Elle hésite un instant et son regard se voile :

— Il m'a dit que cet homme n'avait pas bouclé sa ceinture et qu'il a été tué par le choc.

— Parfait, dit Barclay.

Puis il lance :

— Maintenant, comment pouvait-il être si sûr de sa position par rapport au récif ? Il n'a pas eu le temps de s'orienter à la boussole avant de tomber et il n'avait pas d'appareil sur son canot.

— C'était au coucher du soleil, répond-elle posément. L'avion, l'extrémité nord du récif et le soleil se trouvaient sur la même ligne. (Elle se tourne vivement vers moi.) Je m'en souviens à l'instant, vous m'avez posé cette question, Bill. S'il pouvait ou non voir les brisants de son canot. Et j'ai oublié.

J'acquiesce. Cette précision aurait son importance, mais il n'en reste pas moins à dénicher le récif. La partie est perdue d'avance.

Barclay jette la fin de son sandwich par-dessus bord et allume une cigarette.

— Bon. Alors, quelle était la position ?

— Cinquante milles nord-nord-est de Scorpion Reef.

Il la regarde fixement :

— Et pourquoi m'avez-vous répondu que c'était à l'ouest hier soir ?

— Je suis certaine du contraire.

— Ce qui n'y change rien. Maintenant, faites votre choix, voulez-vous.

— Je vous répète nord-nord-est.

— Bien, fait-il sèchement. George, saute en bas et ramène cette carte avec le rapporteur et le compas.

Barfield s'exécute et tous les deux se penchent sur la carte au fond du cockpit. Shannon écarte les genoux et continue à les considérer avec dégoût.

— Nord-nord-est…, murmure Barfield, pensif.

— Vingt-deux degrés, je précise. Prenez-les sur la rose des vents et déplacez le rapporteur.

Je connais déjà le résultat de ses calculs et j'attends, légèrement contracté. Il relève le tracé et prend le compas. Puis il me lance un coup d'œil interrogateur.

— Je tombe sur le bord de la carte, c'est bien ça ? J'obtiens la latitude ou quoi ?

— Oui, dis-je. Comptez soixante milles marins par degré.

Il reporte avec le compas la distance sur la ligne. Puis il tourne la tête et pose sur Shannon Macaulay un regard dur.

— Vous désirez peut-être refaire un essai ? suggère-t-il.

— Vous m'avez demandé ce qu'il m'avait dit, répond-elle avec indifférence. Je viens de vous le répéter mot pour mot. Qu'est-ce que vous réclamez de plus ?

— La vérité, pour commencer.

— Je vous ai dit la vérité.

Il soupire.

— Je vois. En somme, c'est le cartographe qui ment. La côte la plus proche du point relevé donne quarante-cinq brasses. Une bonne farce de l'imprimeur, sans aucun doute.

— Et pourquoi voulez-vous que je mente ?

— On se demande… Pour une bagatelle de sept cent cinquante mille dollars.

Elle a du sang irlandais, c'est un fait, et pour la deuxième fois, j'en constate la virulence.

— Mais, pauvre crétin ! je ne me baisserais même pas pour les ramasser, vos sales cailloux, si je butais du pied dessus. Je n'en veux pas, je les vomis. Je m'en moque éperdument. Si je les avais ici, sur les genoux, je serais trop contente de vous les donner et d'en être débarrassée. Mais ça dépasse complètement votre compréhension, hein ? Je perdrais ma salive à vous l'expliquer.

— Excellente scène, approuve-t-il. Quoique, en général, l'effet est plus sûr encore si on casse quelque chose. Maintenant, si nous reprenions à la première mesure ? (Il s'arrête et fait signe à Barfield.) George.

Barfield, toujours accroupi, pivote et saisit le poignet gauche de Shannon. Puis il se met à le tordre progressivement.

Ramassé sur moi-même, tout mon poids en avant, je lance : « Arrêtez-le ! » Sans lâcher la roue du gouvernail. Barclay tire un des automatiques de sa poche droite et le pointe négligemment dans ma direction :

— Ne bougez pas, Manning.

— Rappelez votre clebs, bon Dieu !

Barfield a interrompu son manège pour nous observer, mais il tient toujours le bras de Shannon. Elle serre les lèvres et je sais qu'elle a mal.

Je suis trop fou de rage pour avoir peur.

— Écoutez, Barclay. Mettons les choses au point une bonne fois. S'il la touche, je vous fonce dedans et vous ne m'arrêterez qu'avec votre pétard. Si vous pensez pouvoir trouver ce récif sans moi, allez-y.

Un instant de flottement suit mon ultimatum et, la gorge contractée, j'essaie de reprendre mon souffle.

— Ne faites pas l'imbécile, je reprends. Si elle avait décidé de mentir, pourquoi vous indiquerait-elle une position aussi inepte ? Il y a peut-être un haut-fond dans ce coin, à quinze milles près. On n'a opéré que des sondages partiels de cette zone. Macaulay a pu se gourer dans ses repérages. La seule solution, c'est d'aller se rendre compte sur place et vous n'y arriverez jamais sans moi. Alors à vous de choisir, et illico.

Il sait que j'ai raison et fait signe à Barfield de lâcher Shannon. L'atmosphère se détend, mais je me sens comme vidé. Je viens de gagner un nouveau sursis, mais je sais que, la prochaine fois, je serai solidement ficelé avant qu'ils reprennent la séance. Shannon se lève, se tourne carrément vers moi pour me sourire et descend dans la cabine sans leur accorder un regard.

Barfield s'étale sur la banquette, une tasse de café à la main.

— Un petit héros, fait-il. Un vrai héros, en chair et en os qu'on a à bord, Joey.

Barclay me relaie un moment pendant que j'avale un sandwich et une tasse de café. À six heures, je le relève. Barfield et lui descendent dans la cabine pour discuter. Je les entends mettre la radio. Le poste comporte un sélecteur d'ondes courtes en plus des bandes de fréquence maritimes et ils choisissent une station d'Argentine qui diffuse des sambas.

Je suis sur le point d'appeler Barclay pour lui repasser la barre pendant que j'allumerai les feux de position quand Shannon émerge de l'écoutille. Après lui avoir sommairement indiqué la marche à suivre, je lui confie le gouvernail et m'occupe des fanaux.

Quand je reviens, elle se glisse en avant sur la banquette, et reste assise, très près de moi, à me toucher, mais nous ne faisons pas un geste. Le crépuscule est toujours un sale moment à passer pour quelqu'un qui a le cafard, mais je devine qu'elle ne tient pas à ce que j'intervienne pour l'épauler, du moins pas encore.

Nous restons ainsi un long moment sans

échanger un mot. Dans la pénombre, je distingue encore son visage et je m'aperçois qu'elle s'est mise à pleurer. Sans chercher à s'essuyer les yeux, la tête renversée en arrière, elle laisse couler les larmes silencieuses d'un chagrin trop longtemps contenu.

— Je regrette, Bill, dit-elle au bout d'un moment. Ce sera la dernière fois. Je pensais à lui, tout seul dans cette grande maison, à la tombée de la nuit. Il avait peur de l'obscurité. Pendant des mois, il a vécu dans la terreur du noir. Mais… mais jusque-là, jamais je ne l'avais quitté…

Accablé par un sentiment d'impuissance, je la laisse pleurer. Peu à peu, elle réagit et reprend d'une voix calme :

— Je me demande pourquoi rien n'est jamais tout à fait simple et nettement tranché dans la vie ; pourquoi le jeu ne consiste pas simplement à miser sur le blanc ou sur le noir. Il a délibérément choisi de me trahir. Donc la réponse devrait être claire, n'est-ce pas ? Le cliché classique : elle l'aimait, il ne l'aimait pas. Ou l'inverse, comme dans mon cas. Bref, Macaulay était un salaud et la question est réglée. Seulement, c'est archifaux.

J'attends sans rien dire. Elle essaie de m'expliquer son problème ou peut-être de le débrouiller pour elle-même en refusant de m'y mêler.

— Il a été entraîné malgré lui, pris dans l'engrenage. Il y avait une telle fortune à rafler, et si aisément. Je veux dire qu'au début, il n'envisageait même pas de me lâcher. Peut-être au contraire voulait-il tenter la chance en partie pour moi. Il aimait me faire des cadeaux… des cadeaux hors de prix. Bien sûr, il aurait dû renoncer à ces stupides diamants et fournir à Barclay les moyens de les récupérer. Mais rien ne lui garantissait qu'ensuite il en aurait réchappé. Il se trouvait acculé dans une impasse. La dernière solution en réserve était de disparaître. Et pour les convaincre, il fallait que je le croie mort, moi aussi.

Elle s'interrompt et son regard se perd un instant dans le vague.

— Je n'étais pas amoureuse de lui, voyez-vous. Je l'aimais bien, je l'admirais pour bien des raisons, et je lui devais tout. Quand je l'ai connu, j'avais vingt ans, j'étais girl dans un cabaret. Je ne savais ni danser ni chanter, mais j'avais de l'abattage. Il m'a demandé de l'épouser et j'ai accepté, pensant que cette chance ne se représenterait pas deux fois. Il avait quinze ans de plus que moi, mais quelle importance ? Il était si gentil avec moi. Je suis toujours une grande fille disons, bien balancée et je n'ai pas appris grand-chose, mais si je ne suis plus aussi empruntée, aussi commune et insortable que je l'étais, c'est tout de même grâce à lui. Il s'est toujours débrouillé pour faire mon éducation sans me blesser ou m'humilier. Il a été un mari modèle, Bill. Je ne pouvais pas le laisser tomber la première fois qu'il me mentait. Alors je suis restée.

Elle se tait, lève la tête et regarde le ciel. Puis elle ajoute avec douceur :

— Ainsi, j'ai tout gâché pour vous.

— Non, dis-je. Je serai venu de toute façon, même si vous m'aviez prévenu par téléphone. Et rien n'est gâché. Nous nous en tirerons.

Elle secoue la tête sans me regarder.

— Je rumine le problème depuis un peu plus longtemps que vous, dit-elle. Il est sans issue.

XIV

La brise se maintient sans faiblir au nord-est, jour après jour, et les milles s'accumulent derrière nous. J'ai peut-être réussi à gagner du temps, mais bien peu, et chaque étape quotidienne nous rapproche du dernier acte. Je sais ce qui se passera quand nous arriverons là-bas et que nous n'y trouverons nulle trace de haut-fond.

Il faut agir avant, guetter l'occasion propice, mais les jours passent et nous en sommes toujours au même point. Je ne cesse d'étudier leurs faits et gestes, je cherche le point faible dans leur comportement, mais sans succès. Ils gardent la situation bien en main. Quand l'un dort, l'autre me surveille et ne me laisse jamais approcher. Et Shannon Macaulay reste leur atout maître. Je suis fait comme un rat et ils ne l'ignorent pas. C'est un chef-d'œuvre d'astuce, dans son genre.

Shannon demeure silencieuse des heures

entières, assise dans le cockpit pendant que je prends les quarts de nuit.

Quand Barclay est à la barre de minuit à six heures, je m'étends dans le cockpit. La plupart du temps, je ne dors pas, je regarde au-dessus de moi la tête du mât qui se balance contre le ciel tandis que mes pensées tournent en rond dans le même cercle sans fissure.

Il est midi, le quatrième jour après notre départ de Sanport. J'ai fait le point et étudié notre position à la table des cartes. Barclay pilote le bateau et Barfield est allongé torse nu sur l'autre banquette, en train de manger une pomme. Shannon, debout près du rideau, m'observe sans un mot. Elle connaît le sens de ces petites croix qui s'alignent sur la carte en diagonale. Elles jalonnent une route qui ne mène nulle part. J'ai à peu près terminé mes calculs quand Barfield lance son trognon de pomme dans l'écoutille et se penche en avant.

— Alors, amiral ? demande-t-il. On arrive bientôt sur les lieux ?

Je jette un coup d'œil à la carte, prêt à pointer notre position, puis suspends mon geste. Une idée s'agite dans ma cervelle. Nous ne passerons pas assez près de Scorpion Reef pour que le récif soit en vue. Ils devront donc me croire sur parole. Barclay est à peu près au courant, bien entendu, puisqu'il vérifie tous les jours la position d'après la boussole, mais il doit admettre mes chiffres pour les distances parcourues. Je réfléchis rapidement. Mon truc peut réussir. À vingt ou vingt-cinq milles du point où Macaulay s'est en principe écrasé commencent les Northern Shelves. S'il existe un récif ou un écueil quelconque dans un rayon de cent milles, c'est dans ce coin-là que nous pourrons tomber dessus. Donc si je les amène jusqu'à cette vaste zone de hauts-fonds en leur expliquant que nous avons atteint l'emplacement indiqué par Shannon... Nous risquons d'y trouver des brisants.

— Au fait, dis-je à Barfield, comme si je venais à l'instant de me rappeler sa question, d'ici une minute, je serai fixé.

Je pose la petite croix à quinze milles à l'ouest et légèrement au nord de notre position actuelle, et je déchire ma feuille de calculs. En soustrayant encore dix milles demain à midi, le tour sera joué sans éveiller les soupçons de Barclay. Nous serons vingt-cinq milles plus loin que ne le supposera Barclay, en plein sur ces hauts-fonds des Northern Shelves. Nous traverserons également la zone indiquée par Macaulay et nos chances de trouver un récif quelconque seront doublées. Je prends le compas et relève la distance.

— Voyons... nous sommes mercredi... Disons vendredi dans l'après-midi, si le vent tient.

Il opine du bonnet et va prévenir Barclay sur le pont.

— Autrement dit, murmure Shannon près

de moi, samedi soir ou dimanche, si nous ne trouvons rien, les fauves se déchaîneront.

Je suis sur le point de lui expliquer la manœuvre et me ravise de justesse. Le seul but de l'opération est de lui faire quitter le bateau, et si elle sait pourquoi, elle ne marchera pas. Elle se butera, sous prétexte de ne pas me laisser risquer le paquet tout seul et je ne parviendrai jamais à la convaincre que mon unique chance de gagner la partie est de ne pas l'avoir sur les bras.

Je baisse les yeux sur la carte.

— Nous dénicherons peut-être ce récif, dis-je.

— Dans le cas contraire, déclare-t-elle, je me jette à l'eau. Et ne venez surtout pas me repêcher.

Il faut que je l'arrache à ces idées noires.

— Non, dis-je. S'ils font mine de vous cuisiner, cramponnez-vous à Barfield. Ne le lâchez pas. Mordez-le, n'importe quoi. Je tâcherai de sauter sur Barclay. Il sera le seul armé.

Ça ne tient pas debout, je le sais. Ils m'assommeront et me ficelleront avant de s'en prendre à elle. Mais peut-être n'a-t-elle pas envisagé cette perspective, auquel cas ma suggestion risque de lui soutenir le moral.

La nuit tombée, je fais le point aux étoiles, puis de nouveau à l'aube du mardi, et j'établis notre dérive et la distance franchie. À midi, je pointe notre position théorique à dix milles en retrait.

Barclay ne se doute apparemment de rien. Il se contente d'acquiescer, satisfait de l'effort que je fournis pour maintenir le sloop dans la direction prévue.

Le vendredi matin, le temps est clair et la brise faiblit légèrement. Je note une série de visées au sextant dès le petit jour tandis que Barclay tient le gouvernail.

Barfield me surveille en fumant une cigarette. Il est furieux d'avoir été réveillé pour me laisser la place dans la cabine.

D'après mes calculs, nous doublons Scorpion Reef à quarante-cinq milles au nord-est. Je consigne notre position à vingt milles nord-est et je monte sur le pont.

— Nous avons gagné vers le sud, dis-je, mais nous faisons route trop à l'ouest. Il y a intérêt à rallier un peu au nord-est.

— Je ne crois pas que le bateau puisse tenir au près si serré, déclare Barclay. Il va falloir tirer un bord.

Je le relève à la barre, fais virer le bateau et nous repartons tribord amures. Le soleil émerge de la mer. Barclay descend dans la cabine et je l'entends dire à Barfield de préparer du café. La matinée s'annonce très belle. La houle ondule mollement sans moutonner sous le vent léger. Le pont est humide de rosée. J'allume une cigarette et guette à l'horizon l'apparition éventuelle de remous. À perte de vue, les eaux du golfe s'étendent, d'un bleu intense et continu, sans la moindre nappe verte signalant un plateau sous-marin.

En fin d'après-midi, quand ils penseront avoir atteint la position indiquée par Macaulay, nous naviguerons en bordure des Northern Shelves dans une eau nettement moins profonde. Nous risquerons alors d'apercevoir des brisants quelque part et, dans ce cas, la balance peut pencher, ne serait-ce que d'un poil, en notre faveur.

Shannon sort de la cabine, une tasse de café à la main et m'en apporte une autre. Elle est pâle et semble très calme. Je songe que l'épreuve serait intolérable pour elle si elle savait que nous sommes en train de traverser, dans cette immense zone bleue, l'emplacement signalé par Macaulay.

Nous avançons lentement vers l'est. À midi, j'opère un nouveau relevé. Nous sommes déjà bien au-delà du point où Macaulay croyait s'être abattu. Je déplace notre position réelle de vingt milles à l'ouest.

— Dans le courant de l'après-midi, je déclare à Barclay. Ou en début de soirée. Ça dépend du vent.

Il se contente d'acquiescer. Il est devenu laconique, plus froid que jamais et inapprochable. L'atmosphère est nettement tendue. Il devient urgent de repérer quelque chose.

En même temps, la brise menace de tomber complètement, mais elle souffle encore par à-coups. Nous continuons à louvoyer. Quand je me trouve seul à la barre, sans surveillance, je fais monter le *Ballerina* au vent pour étudier la finesse de ses réactions au plus près. Une merveille ! Mais je ne maintiens pas l'allure. Je veux courir le maximum de surface à chaque bordée. L'après-midi s'achève. Le soleil se cuivre au ras de l'horizon et nous ne voyons toujours rien.

Barfield jette à Shannon des coups d'œil féroces et, plusieurs fois, je le surprends interrogeant Barclay du regard.

Nous sommes tous dans le cockpit et je tiens la barre.

— Écoutez, je déclare d'un ton agressif. Tâchez de vous fourrer ça dans le crâne, tous les deux. Nous ne cherchons pas le coin de Main Street et de la Troisième Rue. Macaulay a pu se tromper d'une dizaine de milles dans ses estimations et mes calculs peuvent comporter une marge d'erreurs de deux à cinq milles.

Il écoute, le visage impassible.

Je continue. Il faut leur mettre les points sur les « i ».

— Macaulay est tombé par grosse mer. En ce moment, c'est le calme plat ou peu s'en faut. Ce jour-là, on voyait peut-être les rouleaux jusqu'à cinq milles. D'un autre côté, il s'agissait peut-être seulement d'une contre-marée. Nous devons croiser dans les parages pendant au moins deux jours, sinon plus.

Barclay me dévisage, l'air pensif.

— Ne tirez pas trop sur la ficelle, dit-il d'un ton significatif.

Le crépuscule s'étale. Je laisse porter et nous mettons le cap vers le nord. Trois heures plus tard, je reviens au vent, change d'amures, cours à l'est pendant une heure, puis donne de l'écoute et cours au sud grand largue. Personne ne dit rien. Nous guettons sans interruption la rumeur des brisants en scrutant l'obscurité. Les heures passent.

Je commence à me sentir au bout de mon rouleau. Leur laisser croire que nous avons trouvé la position constitue notre seule chance. Leur vigilance se relâchera d'un cran. Si nous tombons sur un récif, quel qu'il soit, et entamons les opérations de plongée, je pourrai réclamer de l'aide. Nous possédons deux appareils à oxygène. Si Barfield plonge avec moi, je peux remonter sous un prétexte quelconque et n'aurai que Barclay à neutraliser. Si c'est Shannon qui m'accompagne au fond, elle est sortie du circuit et j'ai les mains libres pour escamoter l'un des flingues.

Il faut tenter n'importe quoi pour disloquer notre quatuor.

Nous courons plein sud jusqu'après minuit, obliquons à l'est sur quelques milles et changeons de bord pour remonter au nord.

Tout le reste de la nuit se passe à tirer bord sur bord. Pas le moindre bruit de ressac, pas une trace blanche d'écume se détachant dans les ténèbres.

L'aube se lève. La mer est bleue et vide aux quatre points cardinaux. La brise est complètement tombée. La grand-voile faseye et nous empannons.

— Mettez le moteur en marche, commande Barclay.

— Nous aurons besoin de l'essence pour manœuvrer, je proteste, quand nous aurons trouvé le récif.

— Puis-je vous faire remarquer que nous n'avons rien trouvé du tout, dit-il d'un ton glacial. Lancez le moteur.

J'obtempère. Le soleil se lève. Nous repartons. La tension à bord devient dangereuse. Barclay prend les jumelles, se lève et fait un tour d'horizon. Puis il déclare :

— Si tu nous chauffais du café, George.

Barfield émet un grognement et descend. Quelques instants plus tard, Barclay le rejoint. Je les entends discuter à voix basse dans la cabine.

Shannon est assise en face de moi sur la banquette, les traits tirés de lassitude. Son regard croise le mien et elle essaie de sourire.

Les voix se taisent dans la cabine. J'amarre le gouvernail, me lève et gagne sans bruit le fond du cockpit. J'entrevois les deux hommes en dessous de moi, dans l'intérieur du bateau.

Barfield a pris un rouleau de filin sous l'une des couchettes. Il est en train d'en couper un bout avec son couteau de poche. Puis il en sectionne un deuxième tronçon, plus court. Je vois ensuite Barclay lui tendre l'un des automatiques.

Bizarrement, je me sens gagné non par la peur, mais par une rage stérile, terrible, comme je n'en ai jamais éprouvée. Je me détourne et contemple Shannon, songeant à ce qu'aurait pu être notre aventure s'ils nous avaient laissés en paix. Elle résume la somme de tous mes désirs depuis notre première rencontre. Je n'ai rien demandé d'autre et tout ce qu'elle a jamais souhaité, c'était une chance de survivre.

Et maintenant, nos derniers espoirs vont couler à pic. Je me sens pris de tremblements de la tête aux pieds.

Puis vivement, je m'approche de Shannon :

— Allez à l'avant. Allongez-vous sur le pont contre le rouf et n'en bougez plus. S'il m'arrive quelque chose, vous pouvez hisser le foc sans aide… Rien que le foc. Laissez-vous porter sous le vent en ligne droite et vous toucherez la côte du Mexique ou du Texas…

— Non ! chuchote-t-elle avec fièvre. Non !

Je lui prends les poignets et la repousse.

— Allez ! Vite !

Elle veut parler, me regarde bien en face, pivote, enjambe le bordage du cockpit et court en trébuchant le long du flanc tribord de la cabine.

Je sens comme un vent noir souffler en tempête. Je suis flambé d'avance, mais je n'ai plus qu'une idée : mettre la main sur un de ces pétards, l'espace de deux secondes. Peut-être Shannon pourra-t-elle rejoindre la terre toute seule. Je suis sûr d'y passer de toute façon. Je n'ai donc rien à perdre.

Il faut faire très vite.

Les deux autres vont remonter d'ici une minute. Je me plante à l'entrée de la cabine et, penché sur l'écoutille, je hurle :

— Récif ! Ho ! Récif en vue !

Je les entends se précipiter dans l'escalier. Barclay surgit le premier.

— Récif ! je gueule de nouveau, le bras tendu.

Il débouche sur le pont et tourne la tête dans la direction que je lui indique.

Mon poing se détend à toute volée. Je sens sa mâchoire craquer sous mes phalanges. Il pivote d'un bloc, perd l'équilibre et, tandis que le sloop roule à tribord, culbute dans la flotte.

Je plonge en même temps à travers l'écoutille et j'atterris sur la tête et les épaules de Barfield émergeant de la cabine ; j'ai l'impression de m'écraser sur le toit d'un monte-charge qui, sous le choc, continuerait à s'élever sans s'arrêter ni ralentir. Ce type a la force d'un taureau.

Droit comme un pilier, il atteint la dernière marche avant de fléchir et de s'affaler dans le cockpit.

Nous nous effondrons sur le pont et, projetés à bâbord par le roulis, nous oscillons un instant en travers du bordage, au ras de l'eau qui me frôle la figure. Le balancement du bateau nous rejette sur le pont et nous expédie, cramponnés l'un à l'autre, sur le caillebotis du cockpit. Un énorme battoir me martèle la figure. J'essaie de le prendre à la gorge. Il s'arc-boute et nous roulons entre les banquettes. Il a réussi à sortir son flingue de sa poche arrière et le brandit au-dessus de moi. Je lui attrape le poignet au vol, assure ma prise des deux mains et, sous la torsion que j'imprime à son avant-bras, il écarte les doigts et son automatique rebondit sur les lattes du caillebotis.

Il me sonne à la tempe et ma tête heurte brutalement les planches. Il se redresse sur les genoux et tend le bras vers l'automatique derrière lui. J'essaie de me relever et, par-dessus son épaule, j'aperçois Shannon. Elle se précipite vers nous sur le pont et saute dans le cockpit. J'ouvre la bouche pour crier ; mais il n'en sort pas un son. Ou peut-être, ai-je hurlé, mais mes tympans sont encore paralysés par la commotion.

Tout se passe dans un silence total, au ralenti, comme si nous étions pris tous les trois dans une sorte de masse gélatineuse. Shannon ramasse l'automatique et en assène un coup violent sur le crâne de Barfield. Il devrait s'écrouler, mais, sans broncher sous le choc, il cambre les reins et projette en arrière son énorme bras. Shannon trébuche, tombe et sa tête donne de plein fouet sur le cadre en saillie du cockpit.

Je parviens à me relever et me rue sur Barfield. Nous dégringolons pêle-mêle sur le pont à l'instant où le sloop s'incline de nouveau et nous glissons à la mer en roulant par-dessus le platbord. Nous nous enfonçons dans un puits tiède et verdâtre, luttant toujours avec acharnement et si aveuglés de haine que nous sommes à peine conscients de notre brusque passage d'un élément dans l'autre.

L'hélice défile au-dessus de nous dans un tourbillon d'écume laiteuse.

Barfield, un bras contracté autour de mon cou, essaie de me cogner dessus de sa main libre, mais les coups sont amortis et ralentis par l'eau. Nous ne tentons pas un geste l'un et l'autre pour nous dégager et remonter à la surface. J'aperçois son visage aplati et grimaçant à quelques centimètres du mien et je m'efforce de le prendre à la gorge. Nous continuons à couler, en tournoyant avec lenteur comme un énorme volant.

Puis il se convulse dans un spasme soudain et son étreinte se resserre sur ma nuque avec un sursaut frénétique.

Je replie les jambes, les pieds joints et, d'une détente, le repousse au-dessous de moi.

J'ai l'impression d'avoir la tête arrachée des épaules. Une douleur cuisante me déchire les poumons. Je sais que, d'un instant à l'autre, je vais ouvrir la bouche et que Barfield suffoque déjà.

Je lui décoche une nouvelle ruade, parviens à dégager ma tête et me projette vers la surface.

J'émerge au soleil dans l'étincellement bleu de la mer. Haletant, secoué de frissons nerveux, je secoue la tête et sens mes poumons se gonfler d'air. Il n'est pas encore réapparu. Je pivote sur moi-même et le cherche des yeux. Une vague me soulève mollement et m'éloigne. Les secondes s'écoulent. Je sais qu'il ne remontera plus.

Je perçois le ronronnement lointain du moteur derrière moi et me retourne pour voir dans quel sens le sloop décrit sa courbe. Je reçois un coup au cœur. Le bateau, à deux cents mètres environ, file droit en direction du Yucatan sans personne à la barre. Shannon est invisible. Elle s'est évanouie dans sa chute et j'ai amarré le gouvernail.

Je suis sur le point de hurler, mais à quoi bon ! Même si elle n'était pas dans les pommes, le bruit du moteur couvrirait ma voix. Le bateau est déjà trop loin. Je ne peux absolument rien faire. Si elle ne reprend pas connaissance dans le plus bref délai pour faire demi-tour, elle ne me retrouvera jamais.

Machinalement, j'abaisse les bras dans l'eau

et me débarrasse de mon blue-jean et de mes espadrilles.

Après la crise de rage que je viens de traverser, je retrouve mon calme et j'examine la situation en toute objectivité. La fatalité nous poursuit vraiment depuis le début avec une constance inexorable. C'est ce qu'on appelle en mathématiques les séries illimitées à facteur limité. Additionnez 0,1, 0,01, 0,001, 0,0001 et ainsi de suite, et jamais vous ne parviendrez à totaliser 1.

Je redresse vivement la tête et jette un coup d'œil circulaire, en me demandant si je ne deviens pas dingue. J'ai entendu une détonation, et, à deux ou trois mètres à ma gauche, un projectile s'est enfoncé en grésillant dans le flanc d'une vague. La poupe du *Ballerina* s'éloigne peu à peu ; je suis seul sous le soleil, perdu dans cette immense plaine bleue miroitante, et brusquement la bande-son d'un western vient s'intercaler dans le décor.

Barclay m'était complètement sorti de l'esprit. Il refait surface à trente mètres de moi environ. Il est en train de se noyer… de se noyer dans son veston de tweed saturé d'eau, avec son pétard à la main. À croire qu'il n'a jamais songé à se séparer de l'un ou de l'autre, pas plus qu'il ne semble admettre l'existence du golfe du Mexique, tout en me canardant.

À l'observer, je ne songe même plus à la peur. C'est un spectacle hallucinant.

Il s'enfonce. Son flingue réapparaît le premier, au-dessus de sa tête, puis son visage, sa mâchoire fracturée pendante, l'eau qui coule de sa bouche.

Posément, il incline le canon de son arme pour le vider et presse la détente. Son tir est dépourvu de précision à cause des efforts qu'il fournit pour se maintenir à flot. Les balles ricochent sur la houle et se perdent en piaulant derrière moi, et les douilles éjectées s'enfoncent dans l'eau à sa droite avec un bref sifflement.

Il coule, puis réussit à revenir à la surface et répète la même série de gestes. Sa ténacité me fascine, et dans mon admiration, j'oublie que c'est moi qui lui sers de cible. Il tire encore trois balles. La quatrième fois, il n'en peut plus. L'automatique émerge un instant, disparaît et j'entends l'explosion juste sous la surface. Le canon rempli d'eau lui a éclaté dans la main.

Il ne reviendra plus à l'air libre.

Maintenant je suis vraiment seul. Je tourne la tête. Le *Ballerina* s'éloigne toujours à l'horizon.

XV

Un naufragé, même s'il sait que tout espoir d'en réchapper est perdu, continue à nager.

Je me dirige vers le bateau qui disparaît maintenant, et vers la côte du Yucatan, à cent vingt milles de distance.

À ma gauche, le soleil monte.

Je ne cède pas à la panique, mais il faut que je m'efforce d'oublier l'immensité et la solitude de la mer, ou cette dernière chance qui nous a glissé entre les doigts. Je me demande si elle a été tuée par le choc ou grièvement blessée et m'aperçois tout de suite que c'est un autre motif d'angoisse à éviter. Je dois me concentrer sur le rythme de mes mouvements, ne penser à rien d'autre.

Une heure, peut-être deux heures se sont écoulées quand je distingue à ma droite le haut d'un mât. Le sloop se trouve au moins à un mille et Shannon ne peut pas me voir, mais un tel élan d'espoir me soulève que je perds la cadence de ma nage, bois une tasse et manque de m'étrangler. Elle est saine et sauve. Elle a simplement été étourdie par sa chute.

Chaque fois que je suis porté sur la crête d'une vague ; j'agite frénétiquement les bras. Le sloop passe par le travers, loin à l'ouest, puis je l'observe de temps à autre par-dessus mon épaule et le vois bientôt décrire un cercle et mettre le cap à l'est. J'ai saisi sa manœuvre et commence à reprendre confiance. Bon Dieu, cette fille est merveilleuse, vraiment merveilleuse !

Quand elle a repris connaissance, elle n'avait aucun moyen de savoir combien de temps elle était restée dans le cirage ni où nous étions passés par-dessus bord ; elle ne pouvait donc pas faire un simple demi-tour, mais elle savait que la route du sloop était fixée à cent quatre-vingts degrés. Elle est revenue en arrière, tirant des bords successifs, orientés nord-sud, ratissant toute la zone environnante en dents de scie.

Une fille qui ne connaît rien aux bateaux, aux compas et à la mer. Incroyable !

Je pivote et me mets à nager vers le soleil. Dans le lointain, le bateau vire et remet le cap au sud. J'essaie d'estimer la distance qui nous séparera quand il passera à ma hauteur. Un calcul précis n'est pas encore possible, mais je commence à forcer l'allure. Le sloop se rapproche, grossit et défile à trois ou quatre cents mètres de moi. Je distingue nettement Shannon. Elle a fixé le gouvernail et, dressée sur la baume, se tient au mât d'une main. À nouveau, je me souviens des jumelles marines. À chaque fois que la houle me soulève, je me propulse au maximum hors de l'eau et fais des signaux de la main.

Puis je vois Shannon sauter à bas de la baume et courir vers l'arrière. La coque se met à se balancer. Je ferme les yeux un instant et exhale un long soupir.

Le crachotement du moteur s'arrête. Le bateau court sur son erre dans ma direction et s'immobilise, mollement bercé par la houle. Shannon, debout dans le cockpit, tient un cordage enroulé à la main. Elle se prépare à le lancer. Je secoue la tête. Elle me regarde gagner les derniers mètres à la brasse, le visage très calme. Ni elle ni moi ne disons rien. J'attends que le bateau roule de mon côté, m'agrippe à la lisse et me rétablis sur le pont. Elle s'agenouille sur le siège du cockpit, me prend le poignet d'une main et passe un bras sur mes épaules pour m'aider. Je me laisse tomber sur la banquette à côté d'elle. La digue se rompt brusquement et c'est le grand déluge. On vit peut-être toute une existence pour un moment donné. Si c'est le cas, je viens d'atteindre le moment en question. Elle me submerge comme une lame de fond. Elle sanglote et je me mets à pleurer aussi ; c'est plus fort que moi. Je l'étreins à l'étouffer, la couvrant de baisers. Ma bouche s'écrase sur la sienne, le bateau roule et je retrouve cette même sensation de chute sans fin dans un vide aux couleurs chatoyantes que j'avais éprouvée la première fois dans ses bras.

J'embrasse son visage ruisselant de larmes, j'embrasse ses paupières baissées, je la serre contre moi, immobile, la joue pressée contre sa gorge, écoutant les battements de son cœur.

Nous n'avons pas échangé une parole.

Au bout d'un long moment, je redresse la tête pour la contempler. L'eau de mer a coulé de mes cheveux sur sa figure, se mêlant à ses larmes. En la tenant contre moi, j'ai trempé sa robe.

Elle a une ecchymose sur le front, juste à la racine des cheveux. Les rayons du soleil matinal soulignent le modelé de ses pommettes, l'arc délicat de ses sourcils et je la trouve si belle que j'en ai le souffle coupé.

Elle ouvre les yeux; ils sont humides et rayonnants et ses longs cils sont comme rimmelisés par les larmes. Elle ne sait s'il faut rire ou pleurer, puis un sourire heureux se dessine sur ses lèvres tremblantes.

— Je… je pensais que jamais je ne… te retrouverais, murmure-t-elle.

Je penche la tête et effleure des lèvres la meurtrissure à son front.

— Ma Vénus du Nord, dis-je. Ne bouge pas. Je veux te regarder, te toucher.

Je me rends compte que je ne fais rien d'autre depuis un moment et que je dois dérailler un peu, mais dans l'état où je suis, je me sens incapable de me maîtriser. Les autres sont loin. Définitivement rayés. Nous avons gagné. Nous sommes libres. Nous sommes seuls. Le monde entier nous appartient. J'essaie de lui expliquer tout ça, mais je bredouille des mots sans suite et finis par y renoncer. On ne peut sans doute encaisser qu'une certaine dose d'émotion, le bonheur y compris. Passé cette limite, c'est le court-circuit général dans le système.

Je parviens quand même à balbutier :

— Je t'aime, Shannon. Peut-être qu'un jour, j'arriverai à te faire comprendre combien…

Elle acquiesce et chuchote :

— Je sais. Pour moi, c'est pareil. Je t'ai aimé dès le premier jour. Je n'y pouvais rien. Vois-tu maintenant pourquoi je ne pouvais pas partir et l'abandonner ? Ça m'aurait poursuivi tout le reste de mon existence. Et je ne pouvais rien laisser paraître devant ces… ces deux crapules. J'en serais morte. J'aurais eu l'impression de me montrer nue…

— Ils n'existent plus. Oublie-les.

Son regard se charge d'une gravité soudaine.

— Nous ne pouvons nous réfugier nulle part, n'est-ce pas ? Enfin, nous sommes seuls. Rien d'autre ne compte. Personne ne pourra nous enlever ces moments-là. Jamais deux êtres n'ont été aussi isolés au monde.

Je bondis sur mes pieds, lui prends la main et l'attire à moi.

— Comment ça, nous ne pouvons nous réfugier nulle part ? Viens avec moi, je vais te montrer quelque chose.

Elle me dévisage comme si j'étais devenu fou, mais se laisse entraîner au bas de l'escalier.

— Tiens, dis-je. Regarde.

J'arrache de la table la carte du golfe du Mexique. En dessous, est étalée celle de la mer des Antilles, de Cuba aux îles Sous-le-Vent.

— Regarde, Shannon, mon amour. Regarde ça. Voilà où nous allons. Personne ne pourra jamais nous attraper. Je peux faire le tour de la terre avec ce bateau. Et avec tout ce fric dans ton sac… (Je lui passe un bras sur l'épaule, et je promène mon index sur la carte.) Regarde : La Barbade… Antigua… La Martinique… Toutes ces petites îles, ces villages de pêcheurs. Rien que nous deux. Une vie qui reste un rêve même pour les milliardaires. Imagine-toi, Shannon… Ni la police ni personne ne retrouvera notre trace. Ils nous oublieront. Nous rebaptiserons le bateau. Nous lui trouverons un autre port d'attache. (Je plante le doigt sur la carte.) Tiens… San Juan, par exemple. Quand nous en aurons assez des Antilles, nous traverserons l'Atlantique par les routes du sud, traverserons la Méditerranée, le canal de Suez… Nous filerons jusqu'en Océanie…

Je m'arrête. Elle m'observe avec l'air d'écouter les divagations d'un gosse.

— Qu'est-ce que tu as, chérie ? je lui demande. Ça ne te tente pas ?

— Oh ! si, ça me tente ! Bill, je donnerais tout au monde... Tu crois vraiment que c'est possible ?

— Possible ? (Je prends son visage entre mes mains.) Mais bien sûr, que c'est possible, mon amour ! Tu vas apprendre à piloter le bateau, à naviguer, à pêcher le long des récifs, tu seras bronzée par tous les soleils des tropiques. Nous ferons l'amour au clair de lune dans les atolls du Pacifique...

— Bill...

Elle se tait, incapable d'ajouter un mot.

À midi, un léger souffle passe dans l'air immobile. Nous hissons la voile et je mets le cap au sud-est vers le détroit de Yucatan. Notre allure ne dépasse guère deux nœuds, mais nous avançons.

Aux approches du coucher du soleil, le calme plat s'étale à nouveau. Je mets le youyou à l'eau et, muni d'un pot de peinture blanche, je vais m'embosser sous la poupe. Je passe une couche sur le nom du bateau et sur celui de son port d'attache. Quand elle est sèche, j'en ajoute une seconde, puis une troisième. Tandis que je suis au travail, Shannon apparaît sur le pont en bikini et bonnet de bain. Elle plonge sur le côté du bateau et vient s'accrocher à l'arrière du sloop pour me regarder faire un moment. Quand j'ai terminé, elle m'aide à rehisser le youyou sur le rouf puis, assis dans le cockpit, nous fumons une cigarette en contemplant le jour finissant.

— Il faudra lui chercher un autre nom, dit-elle.

— Il est tout trouvé. Ça s'impose. Il s'appellera *Freya*.

— Qui était Freya ?

— Une autre déesse nordique, dis-je en souriant. La déesse de l'amour, pour être exact.

— Bill, tu es un ange, dit-elle avec un regard tendre. Et j'espère que tu ne changeras jamais. Mais moi, je ne suis qu'une grande fille blonde…

— Freya en était une aussi. Et Junon… Et la cathédrale de Milan n'est qu'un tas de pierres…

Pas de moyen plus agréablement persuasif que celui qu'elle emploie pour me faire taire.

Les dernières lueurs du crépuscule s'éteignent. Au-dessus de nous, à la hauteur exacte du méridien, monte le croissant de la lune. La tête du mât se balance mollement entre les étoiles.

Allongés sur le matelas d'une couchette dans le cockpit, nous regardons le ciel, nous faisons l'amour, nous nous endormons et nous nous réveillons pour reprendre notre bavardage à mi-voix.

Tard dans la nuit, je m'éveille de nouveau. La lune est couchée et le pont est emperlé de rosée. Shannon est étendue près de moi, mais, très vite, je sens qu'elle ne dort pas. Je pose une main sur sa cuisse nue. Tous les muscles rigides, elle tremble sans émettre un son.

— Shannon, mon amour, dis-je, qu'est-ce que tu as ?

Après un long silence, elle répond :

— Mais rien, Bill. Je n'ai pas sommeil, voilà tout.

Je me demande si elle pensait encore à Macaulay, mais je ne peux pas lui poser la question. Peu à peu, elle se détend, puis se laisse aller contre moi.

Les étoiles commencent à pâlir.

— Allons prendre un bain, déclare-t-elle subitement. Le dernier à l'eau paie un pot !

Je m'assieds. Elle ajuste déjà sur ses cheveux son bonnet de caoutchouc. Nous enjambons le siège et piquons une tête, la main dans la main. Nous remontons à la surface, je la prends dans mes bras et elle se met à rire. La silhouette sombre du *Ballerina* oscille dans la houle tout près de nous et une bande de ciel rose s'étend à l'est.

La beauté du décor est saisissante. On voudrait pouvoir l'arracher à l'emprise du temps et la conserver entre les pages d'un album. J'embrasse Shannon et nous nous laissons couler, enlacés, vers les fonds bleutés. Nous émergeons ensemble à l'air libre.

— Je t'aime, dis-je. Je t'aime. Je t'aime.

— Ne retournons jamais à terre, déclare-t-elle. Restons ici jusqu'à la fin de notre vie.

À nouveau, j'ai atteint ce degré d'exaltation où je deviens incapable de m'exprimer.

— La télévision te manquerait trop, je réponds.

Nous faisons le tour du sloop à la nage.

— Il vaut mieux ressortir de l'eau, murmure-t-elle. Le jour se lève.

— Ça ne dérangerait pas les autres déesses, dis-je en souriant. Où est ta carte syndicale ?

Elle se met à rire.

— Freya n'a probablement jamais été payée pour s'exhiber à moitié nue dans une boîte de nuit. Elle aussi, ça l'aurait gênée.

Je grimpe sur le pont et tire Shannon à moi. Les premières lueurs du petit matin accrochent des reflets pâles dans ses cheveux.

Elle s'engouffre dans la cabine, je l'entends allumer la lampe et tirer le rideau.

Je descends à sa suite, passe mon blue-jean et mets du café à chauffer.

Puis j'allume une cigarette, m'assieds et écoute Shannon qui s'affaire derrière le rideau.

Des siècles nous séparent de la veille. Je ne parviens pas à imaginer qu'hier encore ces deux types occupaient la cabine avec leur artillerie, leur férocité calculée, et que nous avons été à deux doigts d'y passer. Je pense à la police qui doit nous rechercher, Shannon et moi. Mais avec un peu de veine, jamais ils ne se douteront que nous avons filé en bateau. Les seuls au courant resteront les membres du gang Barclay. Ils apprendront la disparition du bateau et supposeront peut-être que nous avons supprimé leurs deux acolytes pour essayer de nous tirer avec leurs foutus cailloux, mais comment pourraient-ils retrouver nos traces ?

Shannon apparaît dans une robe d'été blanche à manches courtes.

— La dernière de ma garde-robe de croisière, dit-elle en souriant. Si je ne peux pas faire une petite lessive bientôt, j'en serai réduite à mon maillot de bain.

— On récoltera peut-être un grain. Ce qui permettrait de renouveler la réserve d'eau douce. Non qu'on risque d'en manquer, mais en pleine mer, jamais on ne s'en sert pour laver ou se doucher.

Nous nous installons dans le cockpit avec nos tasses de café. Le jour est levé. La mer est vide et bleue jusqu'à l'horizon.

— Crois-tu qu'il serait possible de retrouver cet avion ? me demande Shannon.

— Non. D'autant que s'il est tombé en lisière d'un haut-fond, avec les brisants et les remous de courants, au bout de trois semaines il devrait déjà être en miettes ou recouvert de sable.

— Tu ne l'aurais pas cherché de toute façon, n'est-ce pas ?

— Non. Je n'ai pas perdu de diamants. Et toi ?

Elle secoue la tête.

— J'ai déjà tout ce que je pouvais souhaiter, dis-je.

— Merci, Bill.

Peu après, nous descendons dans la cabine préparer le petit déjeuner. Une fois les œufs au bacon prêts, nous mettons le couvert entre les banquettes, sans oublier les serviettes en papier, et nous nous offrons un petit repas dans les règles de l'art. Vers le milieu de la matinée se lève une brise légère du sud-est. Nous hissons la voile et remontons contre le vent toute la journée en tirant des bords.

En fin d'après-midi, le calme se rétablit. Je passe une couche de peinture supplémentaire sur le nom du sloop. Les deux journées suivantes, le programme reste le même. Nous luttons du matin au soir avec un souffle d'air inexistant et perdons les quelques milles gagnés dès qu'il retombe et que le courant se remet à nous drosser vers l'ouest.

Ça devient une plaisanterie entre nous à bord. Jamais nous ne pénétrerons dans le détroit de Yucatan. Et que nous importe ! Nous passons le temps à nous baigner. Shannon prend des bains de soleil d'abord en maillot, puis nue. Nous jetons une ligne de fond et pêchons pour le dîner une friture de girelles. Je trace en lettres noires à l'arrière du sloop son nouveau nom et son port d'attache supposé :

Je commence à initier Shannon au pilotage du bateau et aux principes de la navigation.

Elle se récrie en déclarant qu'elle n'a jamais rien pigé aux mathématiques, mais je lui assure que les calculs s'opèrent tout seuls avec les tables de logarithmes et que toute l'astuce consiste à prendre ses visées avec précision.

Nous nous entraînons tous les jours en relevant notre position à midi sur le soleil et, à l'aube et à la tombée de la nuit, sur les étoiles.

Nous naviguons encore dans les Northern Shelves à vingt milles au plus du point où Barclay et Barfield ont disparu.

Dès que le bateau empanne, nous sommes ramenés en arrière par le courant. Shannon est emballée par la vie à bord. J'ai d'abord cru qu'elle se faisait une raison parce que j'aimais la mer, les bateaux, la voile et parce que c'était notre seul moyen d'évasion, mais elle s'y est adaptée aussi naturellement que les Vikings dont elle descend. Un jour à midi, tandis que je fais le point, elle me déclare :

— Je suis si heureuse, Bill. Nous nous souviendrons de ces moments-là toute notre existence, n'est-ce pas ?

Je lui jette un coup d'œil.

— Et comment ! Mais n'oublie pas : ce n'est que le commencement.

— C'est vrai, au fait.

L'après-midi suivant, nous sommes à nouveau encalminés. Les seins nus, Shannon se dore au soleil sur le pont à l'avant, et je lui lis à haute voix *Le Cœur des Ténèbres*, de Conrad, dans une vieille édition aux pages écornées que j'ai toujours conservée dans mon barda, quand nous voyons à l'est des nuages noirs rouler vers nous. Nous dégringolons dans la cabine. J'ôte mon blue-jean et mes souliers. Le grain nous éclate dessus avec la violence d'une tornade tropicale. Dès que la pluie a lavé la pellicule de sel sur le pont, j'aveugle les dalots et ouvre la bonde du réservoir d'eau douce. Dès qu'il est plein à ras bord, je le referme et comme je me retourne, je vois arriver Shannon souriante sous le déluge, une petite bouteille de shampooing à la main.

— Donne, je vais t'aider, dis-je.

Nous nous installons gravement face à face sur le pont ; je lui défais son chignon et ses cheveux blonds s'étalent sur ses épaules.

La pluie tombe à pleins seaux. Elle me verse le shampooing au creux des mains et je me mets à lui frictionner la tête en essayant de protéger la mousse contre les trombes d'eau. Elle a toujours les seins nus et, avec sa peau bronzée maintenant, elle a l'air d'une Indienne coiffée d'un turban blanc. Nos regards se croisent et elle éclate de rire. Le savon lui dégouline sur le visage. Je l'embrasse et ma bouche se remplit de mousse liquide.

Serrés l'un contre l'autre, nous nous étranglons de rire tandis que la pluie torrentielle rince ses cheveux. Impossible ensuite de se rappeler ce que la scène avait de si drôle. Quand le soleil reparaît, assis dans le cockpit, je lui frotte énergiquement la tête avec des serviettes sèches. Autour de son visage halé, et sur ses épaules brunes et veloutées, sa chevelure soyeuse a des reflets d'argent poli. Si je vis jusqu'à quatre-vingt-dix ans sans jamais plus rien voir de beau, je me jugerai quand même comblé.

Ce soir-là, tandis que je prépare le dîner, Shannon remet sa robe blanche et quand elle sort du compartiment arrière de la cabine, elle tient à la main un petit flacon de parfum et s'effleure le lobe de l'oreille avec le bouchon de verre.

— Je sais que c'est ridicule, dit-elle avec un sourire timide, mais je l'avais dans mes affaires et…

— Non, je réponds, ça n'a rien de ridicule. Sur ce bateau, le second doit se présenter tous les soirs avec un soupçon de Tabou derrière l'oreille tribord, sinon on lui retient un jour de prêt. Tu noteras ça dans le carnet des consignes de nuit.

— Le carnet des consignes de nuit ? répète-t-elle, et, pour la première fois, je surprends une lueur de complicité amusée dans ses yeux. Les conventions sont très simplifiées sur les bateaux, n'est-ce pas ? ajoute-t-elle.

Nous vivons dans une euphorie totale et nous n'avons pas le moindre souci du temps que pourra nous prendre la traversée du détroit de Yucatan. Mais, deux fois encore, je me réveille au milieu de la nuit avec l'étrange impression que Shannon, à mon côté, se débat dans je ne sais quel enfer personnel. Regardant fixement le ciel noir, elle ne bouge pas. Elle est rigide, tendue, comme un être pétrifié par la peur.

Mais cette angoisse secrète me reste inaccessible. Quelle qu'en soit la cause, elle est bien décidée à ne pas me la faire partager.

XVI

Elle prend goût à la natation et ne se laisse pas trop effrayer par les requins. Grâce à mes leçons répétées, elle perd l'habitude de barboter comme un caniche et fait des progrès de jour en jour.

Nous passons des heures dans l'eau, souvent même quand il souffle une brise suffisante pour naviguer.

C'est le paradis sur mer et dans cette merveilleuse solitude, les soucis de la route à suivre, des horaires à respecter, des coups de vent favorables nous restent totalement étrangers.

Le monde entre les Tropiques du Cancer et du Capricorne nous appartient et nous avons tout le reste de notre existence pour le savourer. Nous nageons ensemble, nous pêchons, nous lisons, nous plongeons avec les scaphandres et la nuit, allongés côte à côte, nous contemplons les étoiles. L'exploration sous-marine la fascine et, dès le premier jour, elle n'a manifesté aucune appréhension. Nous avons commencé sur les

Northern Shelves et, au bout de trois jours, elle m'accompagne jusqu'au fond sur un banc de sable que j'ai découvert par dix brasses au plus de profondeur.

Elle aime par-dessus tout se trouver nez à nez avec des bancs de poissons effarés.

— Ils ont l'air si ridicules, dit-elle en riant. Pas vraiment apeurés, mais offensés, comme si c'était une farce du plus mauvais goût que de descendre les embêter.

— Il ne faut pas se fier à l'expression des poissons, je lui réponds. Ils doivent siffler d'admiration en te voyant. Tu sais que tu as des jambes sensationnelles ?

Elle me fait la grimace :

— Tu crois ? Il y a longtemps que tu ne m'en avais pas parlé... Depuis une heure au moins.

— Tu sais pourquoi je blague, mon chou ?

Son sourire s'efface et ses yeux se font caressants.

— Oui. On y est obligés, n'est-ce pas, Bill ? C'est tellement beau ce qui nous arrive, qu'on en deviendrait idiots si on ne se soulageait pas de temps en temps en plaisantant.

— Dommage que nous n'ayons pas le tempérament latin, dis-je. Pour les grandes tirades, on pourrait s'en donner à cœur joie.

Je réfléchis un instant et j'ajoute :

— Non, après tout. Il faudrait encore débaptiser le bateau et lui trouver un nom de déesse brune. Je préfère me contenter de toi telle que tu es.

Une journée de bonne brise nous permet de marcher seize heures d'affilée vers le détroit. Puis le vent retombe à nouveau et le courant nous déporte au nord-ouest pendant deux jours et deux nuits.

Huit jours après la disparition de Barclay et de son acolyte, nous atteignons la lisière nord des Shelves où le banc de Campêche s'effondre à pic. Je relève la position à midi et j'obtiens vingt-trois degrés cinquante nord et quatre-vingt-huit degrés quarante-cinq ouest. En opérant le pointage sur la carte, je constate que nous nous trouvons juste sur la courbe des cent brasses.

Le soleil est brûlant dans l'air immobile et les plaines sans limites du golfe ondulent paresseusement autour de nous.

Une mouette perchée sur un bout d'épave à tribord nous observe. Un groupe de poissons volants surgit du flanc d'une vague et ricoche dans la suivante comme une poignée de galets.

Shannon est plus silencieuse qu'à l'ordinaire. Au milieu de la nuit précédente, je me suis redressé sur ma couchette pour la trouver une fois de plus éveillée, les yeux grands ouverts à côté de moi.

— Qu'est-ce qui t'arrive, mon ange ? je lui ai demandé. Tu as des ennuis ?

Elle m'a répondu d'une voix qui ne trahissait aucune inquiétude :

— Oh ! je pensais à nous, simplement, Bill.

J'ai posé ma tête sur sa poitrine. La lune, presque pleine, descendait sur l'horizon. Le bateau se balançait doucement et, sous le coup d'une impulsion subite, elle s'est fiévreusement cramponnée à mon cou.

— Oh ! Bill, Bill, Bill…

Elle range le sextant dans son étui et nous montons sur le pont. Un banc de marsouins s'ébroue dans les vagues à bâbord.

Elle les considère un instant avec intérêt.

— Plongeons, dit-elle. On va essayer de les regarder d'en dessous.

Je laisse pendre un bout d'aussière dans l'eau pour y attacher les scaphandres quand nous ressortirons. Puis je regarde Shannon passer les bretelles d'un des appareils sur ses épaules. Elle a déchiré son bonnet de bain il y a quelques jours et ses cheveux lui retombent librement sur les épaules. Son slip minuscule mis à part, elle est nue et magnifiquement bronzée et ressemble plus que jamais à une idole païenne.

Juste avant d'ajuster son masque, elle s'approche de moi et écrase sa bouche sur la mienne, les bras étroitement noués sur ma nuque.

Je la serre contre moi.

— Rien ne me tente autant que de regarder les marsouins, lui dis-je, mais…

Elle se dégage d'un mouvement souple, met son masque et se laisse glisser dans l'eau.

Je plonge à sa suite.

Le temps de franchir la distance qui nous en séparait, les marsouins ont naturellement disparu. Nous revenons vers le bateau et nageons juste sous la surface dans l'ombre du *Freya*, examinant la coque pour voir s'il ne commence pas à s'y développer de végétation sous-marine. L'eau est fraîche, délassante et je me délecte à contempler la chevelure de Shannon ondoyant au rythme de sa nage. Quelques instant plus tard, je repère un requin au museau spatulé qui tournoie au-dessous de moi et je pique dans sa direction pour l'observer de plus près. Il bat en retraite vers le fond. Je jette un coup d'œil pardessus mon épaule. Shannon est toujours sous le bateau.

J'accélère mes battements de pieds. Le requin maintient son écart. Il est de petite taille et à peu près inoffensif.

Je m'enfonce encore et vois le requin décrire des spirales toujours plus bas dans l'eau transparente dont le bleu s'assombrit par degrés. Je suis descendu environ à trente mètres.

Un essaim de poissons minuscules évolue autour de moi en large cercle et je m'arrête pour les regarder, savourant le plaisir de flotter entre deux eaux, tous les muscles détendus.

Quelques minutes s'écoulent puis je relève la tête pour m'assurer que Shannon nage toujours à proximité du bateau.

Je distingue nettement la coque, mais Shannon n'est pas en vue.

J'examine droit au-dessus de moi l'écran dépoli de la surface. Pas trace de Shannon. Je suis pris d'une vague inquiétude. Mais peut-être est-elle remontée à bord pour une raison quelconque. Je pivote sur moi-même quand j'entrevois, contre la courbure de mon masque, un fugitif éclair argenté. Je me sens brusquement glacé d'horreur. Elle est au moins à quatre-vingts mètres plus bas que moi et coule à pic vers le fond. D'un coup de reins, je me détends et plonge à la verticale. Je nage à une telle vitesse que la pression m'écrase les tempes comme un étau. Je laboure l'eau frénétiquement et gagne du terrain brasse après brasse. Elle coule en tournoyant et le long ruban de ses cheveux pâles ondule autour de sa nuque. Des bulles d'air s'égrènent de son masque et filent vers la surface. La pression devient intolérable, je sens l'ivresse me gagner et, tout autour de moi, l'eau est encore assombrie.

Elle doit être à plus de cent mètres, tombant dans l'abîme obscur qui se creuse au-dessous de nous. Jamais je ne l'atteindrai ; elle s'enfonce trop vite dans ce terrible mur liquide pour que je puisse la rejoindre. Je la distingue encore une fois, coulant vers la nuit des profondeurs et, pris d'un éblouissement, je ferme les yeux.

Grâce à mon entraînement aux exercices de plongée, j'ai dû remonter d'instinct vers la surface, car je ne me souviens de rien.

Quand je reprends conscience, je suis à genoux dans le cockpit, prostré contre une des banquettes, le front sur les bras.

Le soleil me brûle les épaules et je suis encore dégoulinant d'eau de mer. Un silence total enveloppe le bateau, une impression de vide terrible m'oppresse. Je descends dans la cabine ; elle m'y poursuit et me chasse à nouveau sur le pont.

Je m'assieds, le visage au creux des mains, encore hébété par le choc. Il y a moins d'une heure, elle était là, à côté de moi, vivante, chaude, fascinante. Rien ne me sépare d'elle qu'une mince tranche transparente de temps écoulé. Une heure…

Que s'est-il passé ? Comment est-ce arrivé ? Elle nageait au-dessus de moi, juste sous la coque du bateau. Est-ce là l'explication du drame ? À plusieurs reprises, je l'avais mise en garde. Elle a dû trop s'approcher de la surface, sous la poupe peut-être. L'hélice ou le gouvernail pivotant sous la poussée d'une lame a pu lui heurter la tête. Son masque s'est-il déplacé et rempli d'eau, un des tubes de son scaphandre a-t-il été débranché ou sectionné ? Ravagé de douleur, je me lève et me penche sur l'eau calme et bleue où elle a disparu. Le sloop roule au creux d'une lame. Je me force à m'écarter du plat-bord puis je redescends dans la cabine.

Elle me submerge de toutes parts à l'instant même. Elle a touché ceci, elle s'est tenue là. Tout est saturé de sa présence.

Elle m'apparaît devant le rideau, en robe blanche, effleurant le lobe de son oreille avec le bouchon d'une bouteille de parfum.

— Je sais que c'est ridicule, dit-elle.

Le fantôme de son parfum rôde encore... Il emplit toute la cabine. Le matelas et l'oreiller sont étalés sur la couchette où nous les rentrions durant la journée ; son parfum imprègne l'oreiller où sa tête reposait et j'y aperçois un long cheveu blond cendré qui brille.

Je me laisse tomber devant la couchette et j'enfouis mon visage dans l'oreiller en l'étreignant dans mes bras.

Le sloop se remet à rouler. Les vibrations suraiguës du silence me déchirent les tympans.

Le soleil sombre à l'horizon. La nuit tombe. Je me tourne et me retourne sur ma couchette. Dès que je ferme les yeux, je revois Shannon sur l'écran de mes paupières, Shannon qui s'enfonce en tournoyant sans fin dans les gouffres bleus. Le bateau continue à se balancer. Il n'y a pas un souffle de vent.

Au petit jour, je fais le point aux étoiles et

m'absorbe dans mes calculs parce qu'il faut à tout prix que je m'occupe. Le courant m'a entraîné à dix-huit milles au nord-est. Je mets le moteur en marche et fais demi-tour. Je ne sais pas trop pourquoi, sinon que la position vingt-trois degrés cinquante nord et quatre-vingt-huit degrés quarante-cinq ouest est à jamais chargée pour moi d'une réalité inaltérable.

À midi, je fais une visée sur le soleil. J'obtiens vingt-trois degrés quarante-six nord et quatre-vingt-huit degrés quarante-quatre ouest. J'ai franchi quatre milles trop au sud.

La nuit revient, puis le jour et à nouveau la nuit. Le courant me drosse au nord et à l'ouest. Je fais route en arrière. Je dérive. J'épuise toute la réserve d'essence et ne peux plus naviguer que durant les brèves périodes où la brise consent à souffler. Je relève la position aux étoiles à l'aube et au crépuscule, à midi je vise le soleil. Jamais mes calculs n'aboutissent exactement à vingt-cinq degrés cinquante nord et quatre-vingt-huit degrés quarante-cinq ouest. Je me trouve toujours à un mille en deçà ou à trois milles au-delà.

Je grimpe sur le pont et contemple la mer scintillante à l'infini sous le soleil. Puis brusquement l'évidence s'impose à moi. Tout près du bateau, à tribord, une mouette est posée sur un débris d'épave.

J'ai retrouvé l'emplacement exact. Ce n'était pas plus compliqué. Je m'en souviens. Une mouette se balançait sur un bois flottant juste avant que nous plongions.

— Mouette, jolie mouette, je murmure en me déplaçant à gestes mesurés, ne t'en va pas. Je vais te lancer du pain.

Quand je reviens sur le pont, elle est toujours perchée, à proximité du sloop. Je jette les miettes de pain dans sa direction. Elle s'envole. Les larmes me montent aux yeux. Je lance à la mer le reste du pain. Peut-être reviendra-t-elle pour marquer la place de nouveau. Il faut qu'elle revienne car sur l'autre fragment d'épave une mouette était également posée.

Je me suis obstiné durant des journées entières pour revenir au point même où je l'ai entrevue pour la dernière fois. Cette mouette solitaire égarée au large suffit à me donner l'illusion que je viens de toucher au but. Je sais aujourd'hui que je n'irai pas plus loin. Nous avons en moins d'une semaine, Shannon et moi, vécu une aventure merveilleuse que des millions d'êtres humains ne connaîtront jamais en passant côte à côte toute une existence.

Ma décision s'est formée lentement, au cours de ces interminables nuits sans sommeil, au cours de ces journées accablantes sous le soleil.

Maintenant que je suis résolu à la rejoindre, mon désespoir s'apaise.

Shannon, Shannon, nous allons nous retrouver pour ne plus nous quitter. Nous naviguerons parmi ces archipels et ces îles dont nous avons rêvé ensemble. Les vents alizés traceront notre route pendant les journées brûlantes et la nuit nous regarderons les étoiles.

Sur le siège du cockpit, je dispose mon scaphandre paré pour plonger et mon masque. Un long moment, je considère la surface moirée de la mer, puis je descends dans la cabine. Derrière le rideau, sur la couchette qu'occupait Shannon à notre départ de Sanport, je trouve sa petite bouteille de parfum. Elle porte un nom français dont j'ignore le sens et a dû coûter une fortune. À la table des cartes où j'achève de rédiger mon journal je l'ai placée devant moi.

Je la tiens au creux de ma main, ôte le bouchon de verre, respire un instant son odeur et, en voulant la refermer, j'en répands une goutte sur la carte à côté de mon livre de bord. Les effluves du parfum envahissent toute la cabine. Les doigts crispés sur le flacon de cristal j'ai l'impression qu'elles me transmettent l'appel lointain de Shannon qui m'attend…

Je ferme les yeux et, encore une fois, toute la scène s'inscrit sur l'écran de mes paupières… *Les profondeurs bleues, l'ultime éclair argenté, fantastique, qui semble me faire signe, avant de s'évanouir… Appel irrésistible d'un mirage merveilleux… l'ivresse totale…*

Le capitaine du *Joseph-H.-Hallock* referma le journal.

« Pauvre diable ! songea-t-il. Quels sales moments il a dû passer… Quatre heures… et nous avons relevé le sloop à cinq. »

Il resta un moment à réfléchir, vaguement intrigué, le front barré d'un léger pli. Il était tard, plus de deux heures du matin, et dans la pénombre de son petit bureau régnait un profond silence.

« Bizarre, pensait-il, toujours préoccupé par le même point de détail insolite. Bizarre que ce soit la fille et non Manning qui ait réalisé l'impossibilité d'échapper aux poursuites sur ce bateau — ou sur n'importe quel autre, d'ailleurs. » Manning aurait dû y penser tout de suite. Rebaptiser le sloop était une idée enfantine. Une couche de peinture sur son nom d'origine n'a jamais modifié l'identité d'une embarcation. Il y a les papiers, des masses de papiers. C'était aussi absurde que d'inscrire son nom sur un passeport d'emprunt.

Manning aurait dû le savoir, comme il aurait dû savoir que pour pénétrer dans n'importe quel port, ou même dans n'importe quel village de pêcheurs, des tonnes de paperasses et des formalités sans nombre sont indispensables. Il existe pourtant des services de contrôle et tous exigent des visas consulaires des ports précédents, des patentes de santé, des actes de nationalité, des rôles de douanes, des listes d'équipage, etc. En outre, dans le cas d'un yacht de plaisance, chaque passager doit sans doute être muni d'un passeport en règle. Pourtant, d'après son journal, Manning n'était pas un imbécile, loin de là, ni un personnage à prendre ses désirs pour des réalités.

En fait, il semblait parfaitement sensé.

Peut-être avait-il misé sur ce dernier tableau en désespoir de cause, sachant qu'aux États-Unis, ils n'en réchapperaient jamais, avec la police et un gang organisé à leurs trousses ? Bien entendu, cette question ne présentait qu'un intérêt purement spéculatif, puisqu'ils étaient morts avant même d'avoir eu l'occasion de tenter leur chance, mais toute cette histoire persistait à le tracasser.

Et une autre supposition s'ébauchait confusément dans son esprit.

Il se déshabilla, passa son pyjama, grimpa sur sa couchette et éteignit la lampe de chevet fixée à la cloison, sans cesser de s'interroger. Puis il se redressa brusquement.

— Nom de nom ! murmura-t-il. Sacré nom de nom… Ce serait trop beau !

Manning seul ? se demanda-t-il. *Ou tous les deux ?*

Et il souhaita que ce fût tous les deux.

Ils remorquaient le *Freya* depuis deux jours et c'était à nouveau le coucher du soleil.

Le *Joseph-H.-Hallock* remontait la côte de Floride en roulant sur ses flancs pleins, au sud de Fowey Rocks. Le capitaine avait pris ses dispositions par radio pour rallier un garde-côte au large de Miami et lui abandonner le *Freya*. Tel était du moins le prétexte qu'il avait fourni à son second, M. Davidson.

Il se tenait sur la passerelle avec M. Davidson qui attendait de recevoir dans l'alidade à réflexion le faisceau du phare de Fowey Rocks par le travers pour compléter son relèvement sur quatre points.

Le capitaine, lui, ne quittait pas des yeux le sloop qui glissait sans heurt dans le crépuscule au bout de son long filin.

À chacune des cayes de Floride doublées par le pétrolier, il l'avait surveillé sans répit, mais leur route passait maintenant à la hauteur du point le plus proche de la terre ferme jusqu'à leur rencontre avec le garde-côte.

Une fois résolu le problème initial et en partant du principe que Manning n'avait pu croire un instant à ce rêve bleu d'évasion sous les tropiques, ruminait le capitaine, à quelle conclusion pouvait-on s'arrêter ?

Deux faits parallèles subsistaient. D'abord Manning était un écrivain, ensuite il essayait de sauver sa peau et celle de cette fille qu'il aimait tellement. Ils ne pouvaient se réfugier nulle part, avait-elle dit. Du moins tant qu'ils seraient traqués par une équipe de truands et par la police. Mais dans le cas contraire, il leur serait possible de regagner leur propre pays sans attirer l'attention de qui que ce fût.

Et si tout le monde les croyait morts, personne ne songerait plus à les poursuivre.

Qu'ils fussent donnés pour disparus ne faisait guère de doute. Bien peu de spécialistes seraient en mesure de s'étonner des contradictions que recelait le récit de Manning. Et les faits étaient incontestablement convaincants.

Le bateau n'avait que douze mètres, se trouvait en pleine mer et avait été fouillé par trois hommes. La zone entière avait été patrouillée par le pétrolier sans qu'aucune trace de survivants ou d'une autre embarcation fût relevée. Le sloop courait sous toute sa toile et son youyou était toujours arrimé sur la cabine. Le dernier passager à bord avait disparu moins d'une heure plus tôt, puisque le café était encore tiède, et la côte la plus proche se trouvait à cent cinquante milles. En outre, l'argument massue, réfléchit le capitaine, était constitué par ces quatre-vingt-trois mille dollars abandonnés dans leur sacoche sur une couchette. Dans un monde où l'argent primait tout, qui pourrait croire que deux êtres iraient délibérément renoncer à une fortune pareille dans le seul but de pouvoir filer en paix le parfait amour sans un centime ?

Puis il se demanda s'ils avaient retrouvé l'avion. Non, très probablement. Toute leur histoire devait être authentique, la fin exceptée. Il fallait qu'elle le fût, pour l'édification du reste du gang qui n'en ignorait aucun détail, du moins jusqu'au départ du bateau de Sanport.

« Mais je ne possède aucune preuve, songea-t-il, je me contente d'échafauder une hypothèse. D'ailleurs, je ne tiens surtout pas à ce qu'elle repose sur une certitude quelconque, sinon je serais obligé de rédiger un rapport. Ils n'ont pas commis le moindre crime, à moins que ce n'en soit un de se défendre. »

Et le capitaine leur souhaitait de tout son cœur d'en réchapper.

M. Davidson sortit de la chambre des cartes.

— Fowey Rocks par le travers à sept heures trois, capitaine, dit-il. Distance sept milles. On serre d'un peu près pour la route nord.

— Ouvrez l'œil devant, ça suffira. Attention aux pêcheurs et aux cargos qui descendent cap au sud. Nous rallierons le large dès que nous aurons lâché la remorque.

Il aperçut alors à l'arrière ce qu'il n'avait cessé de guetter entre le *Freya* et la côte. Peut-être était-ce une épave à la dérive, peut-être une tête ou bien deux. Il scruta la mer du regard dans le crépuscule et posa la main sur ses jumelles. « Non, se dit-il à contrecœur. Si je suis fixé, je serai forcé de les signaler. Mais personne ne s'intéressera aux visions cornues d'un vieux bonhomme sentimental. »

Il se demanda ce que M. Davidson penserait de toutes ces balivernes. Le second était un homme sûr, qui avait fouillé le sloop avec soin. Mais avec sa solide jugeote et son esprit pratique, il n'avait tout naturellement pas songé à chercher *sous* le bateau. Les deux autres avaient pu aisément se débarrasser de leur attirail de plongée et remonter par l'arrière avant que le grelin de remorque se tendît. Ils atteindraient le rivage sans histoire avec les ceintures de sauvetage. Ils avaient dû conserver assez d'argent pour se payer des vêtements. D'ailleurs, ils pouvaient passer inaperçus durant des années, en maillots de bain, sur les plages de Floride.

Mais ils dérivaient rapidement à l'arrière dans la houle.

Fallait-il s'accorder la satisfaction de leur jeter un coup d'œil dans les jumelles ?

Un instant, les deux objets flottants se séparèrent pour se refondre aussitôt en un. Et l'un d'eux était d'une teinte nettement plus claire que l'autre. Le capitaine soupira.

— Bon voyage, murmura-t-il doucement.

Puis il se détourna et pénétra dans la salle des cartes, ses jumelles encore oscillantes à son cou.

DU MÊME AUTEUR

Aux Éditions Gallimard

Dans la collection Série Noire

JE T'ATTENDS AU TOURNANT, *n° 246.*

LE PIGEON, *n° 259*, et Folio Policier, *n° 205.*

PEAUX DE BANANES, *n° 294.*

LA MARE AUX DIAMS, *n° 234*, et Folio Policier, *n° 372.*

AVEC UN ÉLASTIQUE, *n° 388*, et Folio Policier, *n° 221.*

FANTASIA CHEZ LES PLOUCS, *n° 400*, et Folio Policier, *n° 312.*

CELLE QU'ON MONTRE DU DOIGT, *n° 513*, et Folio Policier, *n° 271.*

MIEUX VAUT COURIR, *n° 521*, et Folio Policier, *n° 272.*

AUX URNES LES PLOUCS !, *n° 602*, et Folio Policier, *n° 208.*

PÉRI EN MER, *n° 616.*

ONT-ILS DES JAMBES ?, *n° 659.*

VIVEMENT DIMANCHE !, *n° 816*, et Folio Policier, *n° 30.*

BYE-BYE, BAYOU, *n° 867*, et Folio, *n° 2773.*

UNE FEMME LÀ-DESSOUS, *n° 888*, et Folio Policier, *n° 303.*

CALME BLANC (titre précédent, *De Sang sur mer d'huile*), *n° 929*, et Folio Policier, *n° 306.*

L'ANGE DU FOYER, *n° 977*, et Folio Policier, *n° 317.*

UN QUIDAM EXPLOSIF, *n° 1702.*

Aux Éditions Minerve

ALLÔ ! L'ASSASSIN VOUS PARLE.

Aux Éditions Rivages

LA FILLE DES COLLINES.

GO HOME STRANGER.

ET LA MER PROFONDE ET BLEUE.

Composition Interligne
Impression Novoprint
à Barcelone, le 4 avril 2005
Dépôt légal : avril 2005

ISBN 2-07-041045-5/Imprimé en Espagne.

91484